W0463985

L'assassinat del professor de música

L'assassinat del professor de música

Jordi Sierra i Fabra

BARCANOVA
EDITORIAL

FSC
El paper utilitzat en aquesta edició compleix
els requisits mediambientals FSC, que garanteixen
un circuit sostenible en tota la cadena de producció.

Equip editorial:

Projectes: Sara Moyano
Edició: Montse Ballaró
Maquetació: Mercedes Fernández Bravo
Disseny de la col·lecció: Editorial Barcanova

© 2011, Jordi Sierra i Fabra
www.sierraifabra.com
© 2011, Fernando Martínez, per les il·lustracions
© De la imatge de la pàgina 21: White Images/Scala, Florence
© 2011 d'aquesta edició: Editorial Barcanova, SA
Mallorca, 45, 4a planta
08029 Barcelona
Telèfon 932 172 054. Fax 932 373 469
barcanova@barcanova.cat
www.barcanova.cat

Primera edició: març de 2011
ISBN: 978-84-489-2768-4
Dipòsit legal: B-7828-2011

Printed in Spain
Imprès a Romanyà Valls, SA
Plaça Verdaguer, 1
08786 Capellades

*Reservats tots els drets. El contingut d'aquesta obra està protegit per la llei,
que estableix penes de presó i multes, a més de les indemnitzacions corresponents per danys i perjudicis,
per a aquells que reproduïssin, plagiessin o comuniquessin públicament, totalment o parcialment,
una obra literària, artística o científica, o la seva transformació, interpretació o execució artística fixada
en qualsevol tipus de suport o comunicada per qualsevol mitjà, sense l'autorització preceptiva.*

ÍNDEX

Capítol
1
(U2)

El professor de música, en Gustau Vallbona, escrivia les cinc línies d'un pentagrama a la pissarra. Era com si no hagués fet una altra cosa en la vida, perquè li sortien miraculosament iguals, perfectes, separades pel mateix espai. Això era una cosa que, sens dubte, els meravellava. De vegades, quan no hi havia adults a classe, intentaven fer el mateix. I era impossible que les cinc ratlles sortissin iguals. Una o altra es torçava. Una o altra sortia malament. Una o altra quedava separada més o menys de la resta. En canvi, ell... zas, zas, zas, zas i zas! Heu-les aquí.

Després, amb soltesa professional, les començava a omplir de notes, com ocells penjats als fils de les torres d'alta tensió que jalonaven els afores de la petita ciutat, malgrat que alguns l'anomenessin «poble gran».

Semblava mentida que de tot allò pogués sortir música.

El professor Gustau els va mirar de reüll.

La cara il·luminada.

El somriure feliç. Perquè, malgrat que semblava fer classe a una pila de pedres, ell era feliç. Un tipus sempre esperançat que creia que, tard o d'hora, el rosec de la música penetraria en els seus caps.

Li agradava més la música que la mel a les abelles o un caramel a un nen. I es tractava de tota la música, TOTA, res d'elitismes. Clàssica, jazz, rock, fusions diverses... Deia que sense música no es podia viure, que era l'aliment de l'esperit, l'energia de l'ànima, el color de la vida, el tal i el tal altre. Cada classe era un cant d'amor per la seva assignatura, encara que ell no l'anomenés així.

L'anomenava despertar.

Alguns, malauradament, continuaven adormits.

Adormits amb els ulls oberts, perquè no entenien ni una paraula, per més que ho intentaven. Al capdavall, la música no era com les matemàtiques o la llengua. Quina importància tenia saber les notes o cantar o el que fos? Que serien músics? No. En canvi, les matemàtiques, malgrat que eren difícils, sí que servien per a alguna cosa. I també llegir i escriure. Això era bàsic.

Però la música...

Per això els suspenien tant o anaven tan justos en matemàtiques i en llengua.

A sota de les cinc línies del pentagrama, de sobte, el professor va traçar una sola ratlla i la va omplir de signes a una velocitat tremenda. Sortien més ràpid del seu cap que les paraules de la boca d'en Felip, que era una metralladora parlant.

Després es va girar cap a ells.

—Què hi ha aquí? —va preguntar jovial el professor Gustau.

Ningú no va obrir boca.

—Vinga, vinga —els va apressar.

—Notes —va xiuxiuejar una veu.

—Brillant, Marcel, brillant —va sospirar.

Es van sentir algunes rialles.

—Algú sap quants compassos es poden formar amb aquestes notes?

Els més espavilats van començar a comptar.

Els que ho eren menys van continuar a la lluna de València.

—Nou —va dir l'Elisenda.

—Deu —va dir en Marc.

—Onze —va dir la Pilar.

El professor Gustau la va mirar.

—Onze —va assentir.

I va començar a separar les notes traçant línies verticals.

La Pilar era l'única que tocava la guitarra, escrivia lletres i ja cantava en els festivals del col·legi i a la festa major. La música era la seva vocació. El dia menys pensat gravaria un disc, triomfaria i posaria el nom de la ciutat en un mapa.

A més, no era insuportable.

No anava de guapa, malgrat que ho era.

Dos o tres la van mirar amb respecte per la seva saviesa. Dos o tres més, abatuts.

Aquests últims eren els més negats.

La Irene, en Robert i l'Antoni.

Casualment seien junts, com si el destí els hagués acollit amb un dit babau i acusador.

El professor Gustau els va abastar amb una mirada trista.

—Antoni, com es diuen els signes que tenen durada però no tenen so?

L'Antoni es va enrojolar. Va estar a punt de dir «quilòmetres».

—Silencis —li va apuntar algú darrere seu.

—Això, silenci, Marta —la va renyar el professor abans de dirigir-se a en Robert—. On són els semitons de l'escala de DO?

En Robert es va empassar saliva i va fer cara de pensar-s'ho molt, però moltíssim. Tant que va deixar de respirar i va acabar vermell com un tomàquet.

—Entre MI-FA i SI-DO —va exhalar enmig d'una glopada d'aire el professor Gustau.

Ja no va voler ridiculitzar la Irene.

—Nois, nois!, no us adoneu que l'art us farà millors persones? Les pedres no s'emocionen veient un quadre perquè no tenen ulls, ni escolten una simfonia perquè no hi senten. Però nosaltres sí que tenim ulls, i orelles, i sensibilitat! L'art és l'única cosa que ens fa millors, que ens acosta a tot d'una manera... única, especial! L'art ens dóna sensibilitat! I d'entre totes les manifestacions artístiques, la música és la més immediata i directa! Un quadre cal anar-lo a veure, a un museu o a un estudi, o cal observar-lo fotografiat en un llibre, encara que no és el mateix, i una pel·lícula exigeix un temps per veure-la, igual que un llibre per ser llegit. Però la música és a tot arreu: a la tele, la ràdio, pel carrer, en un ascensor, en un d'aquests maleïts cotxes amb les finestres abaixades i el volum a tot drap... És un regal!

—I quina necessitat hi ha de saber música perquè t'agradi una cançó o una d'aquestes coses simfòniques?

—Cap, és una opció, però saber alguna cosa no et fa mal, i encara més si es tracta d'art; al contrari, t'enriquirà la vida, i, creu-me, una vida rica i plena és molt millor. I no diguis «coses» simfòniques, un respecte!

Van esclatar a riure.

—Ja es posa transcendent —va mussitar l'Antoni.

—Ostres, Déu n'hi do com s'ho pren —va xiuxiuejar en Robert.

La Irene estava trista.

Li agradava el professor Gustau.

Era tan innocentment apassionat, jove, atractiu...

—Calleu i no compliqueu més les coses —va dir als seus dos companys.

—D'acord, tenim tot el curs per endavant per intentar canviar això —i el professor va encreuar els braços—. No és la primera vegada que ensopego amb llambordes a l'asfalt de la carretera de la música.

Estava a punt de sonar el timbre.

Cinc, quatre, tres…

—La setmana que ve vull que em porteu una llista amb les deu cançons que més us agraden ara mateix i els motius. I els motius raonats, res de perquè sí, o perquè flipeu o…!

Dos, un…

El timbre.

Tots es van aixecar per sortir de l'aula de música, a la qual assistien només un cop per setmana, perquè la música, com sempre, estava supeditada a tots els plans d'estudi sense excepció, que la convertien en quelcom superflu i, en aparença, estèril.

El professor Gustau va intentar mantenir el somriure, però li va costar.

Li va costar molt.

De vegades semblava que la societat caminava… o corria cap al caos.

El buit existencial.

—Irene, Antoni, Robert, quedeu-vos —va dir de cop i volta.

Capítol 2 FOR US

(Lennon-McCartney, The Beatles)

Al professor Gustau li havien posat aquest nom per un músic anomenat Mahler. Gustav Mahler. Els seus pares eren fanàtics del tipus de música-clàssica-i-la-resta-no-val. Ho sabien perquè ell mateix els ho havia dit el primer dia de classe. Al contrari que el professor de matemàtiques, seriós i amb aspecte agre, o la professora de llengua, inflexible amb la gramàtica i l'ortografia, en Gustau Vallbona era assequible i cordial. I no estava entossudit que la música clàssica era l'única bona. Sempre deia que la música era música i que l'ària d'una òpera podia ser executada amb una guitarra elèctrica de la mateixa manera que una cançó pop podia tocar-se amb violins a manera de simfonia. En sabia un munt. Acostumava a portar-los gravacions, perquè a casa seva tenia 30.000 discos entre els vells vinils i els CD, així que predicava amb l'exemple. Les seves classes setmanals haurien estat genials si no hagués estat per la part pràctica, l'embolic de les notes, els pentagrames...

—Què us passa? —els va deixar anar pel broc gros.

—A nosaltres? —va dir en Robert, agafant la veu cantant.

—Res —va concloure l'Antoni.

—Sí, sí que us passa alguna cosa —es va entestar el professor—. No és que us sembli difícil o incomprensible, és que no voleu aplicar-vos. Ja sé que amb una hora a la setmana no n'hi ha prou, però almenys les nocions més elementals...

—El meu avi em va dir que, quan era nen, el van obligar a estudiar llatí. I per a què li va servir això? Per a res —va dir en Robert.

—Això és el que ell creu o el que tu creus. Tot serveix. No comprens que això del llatí era una excusa? Del que es tractava en el fons era que aprenguéssiu a pensar, a raonar, a fer servir diccionaris per traduir frases, a interpretar paraules. El coneixement és infinit. Mai no podreu omplir el got del tot. Però si aneu per la vida amb aquest got mig buit, sempre us quedareu enrere, us faltaran vitamines mentals, energies espirituals, estímuls vitals. Intenteu omplir el got. Com més coses hi fiqueu, millor! Un dia descobrireu que tot serveix, fins a la cosa més ínfima!

—Vostè defensa el que és seu perquè li agrada —va balbucejar l'Antoni.

—No us agrada la música?

—Escoltar-la, ballar-la, però d'això a allò altre...

—Per Déu, Robert, què és això altre?

—Doncs llegir-la o tocar-la —va dir el noi.

—Això és difícil —va afegir el seu company.

—Us equivoqueu, no ho és. El que passa és que no li veieu cap valor i en prescindiu, per això no pareu atenció, i encara que ho feu, no us esforceu a retenir res. Així us van les coses. Penseu que per una hora a la setmana, i com que la nota no val gaire... Tant us costa entendre que si sabeu escriure, pintar, tocar un instrument, el que sigui que es relacioni amb l'art, tindreu més estímuls vitals i una sensibilitat especial que us farà més humans? No em digueu que no sou sensibles, perquè ho sou! A tu et vaig veure plorar de ràbia el dia que aquells gamberros van pegar a aquell gos que no tenia amo! —va dir a la silenciosa Irene—. I vosaltres us vau posar de part d'en Ndongo el dia que li van fer la guitza per ser d'un altre color —va dir als nois—. Teniu cor. Ompliu-lo de coses bones! I la música n'és una! Sabeu quina és la definició de música?

No hi va haver cap resposta, només aquella seriositat trista i pesant.

—La música és l'art de combinar sons en el temps —va anunciar el professor Gustau igual que si proclamés una veritat inqüestionable, amb pomposa afectació—. Sons en el temps! No és una descripció meravellosa? Si us hi esforceu una mica, un dia m'ho agraireu.

—Ens hi esforcem —va voler deixar clar l'Antoni.

—No prou —va postil·lar el professor.

—No som burros —va manifestar en Robert—. La Irene és bona en mates, l'Antoni en llengua i jo...

Però el professor no li va deixar acabar la seva defensa.

—Què puc dir-vos? A mi tant me fa que tragueu un deu en tot. Bé —va rectificar—, no m'és igual, és clar, però ja m'enteneu. Jo defenso el que és meu. Sóc el profe de música, ja ho sé, el boig, el rocker enamorat dels clàssics, el clàssic amb ànima de rocker. I, a més, sóc un suplent, un apagafocs. Fins i tot els altres professors em deixen de banda o em prenen per res i em miren per sobre l'espatlla. Però sé el que em dic. Us caic bé?

—Sí —va dir per primer cop la Irene.

—Segur?

—És clar.

—Doncs no ho sembla. Us ensenyaré una cosa.

Va obrir un llibre i va passar les pàgines. Quan va trobar el que buscava, els ho va ensenyar. Era... una mà plena de signes musicals.

Semblava antiga.

—Això ho va fer un italià anomenat Guido d'Arezzo. Va néixer més o menys cap a l'any 991 o 992 i va morir més o menys després de l'any 1033. Era monjo de l'abadia benedictina de Pomposa, a prop de Ferrara, a Itàlia. Això d'Arezzo li ve perquè es va establir l'any 1025 en aquesta població italiana i allà va fer tasques musicals en la càtedra de la vila. Gràcies a ell tenim això del DO, RE, MI, FA, SOL, LA, SI, que eren les primeres síl·labes dels versos d'un salm llatí, ho recordeu? Us ho vaig explicar el primer dia de classe.

Van assentir amb el cap sense deixar de mirar el gravat.

—Els seus mètodes el van fer famós. Va arribar fins al papa de Roma amb aquests. Aquesta mà la va fer perquè els estudiants poguessin reconèixer les notes, cantar... Va ser la primera «xuleta» de la història. Una «xuleta» legal, evidentment.

—Per què ens l'ensenya?

—Només perquè vegeu, i comprengueu, que l'ensenyança de la música ve de lluny, i que ha format part de la història recent de la humanitat. Fixeu-vos en aquesta mà —i els seus ulls es van omplir de tendresa—. Em sembla la cosa més bella que mai s'hagi fet. Tot l'aprenentatge musical és en aquesta mà.

Van mirar una vegada i una altra aquella il·lustració.

Volien sentir la mateixa passió que el seu professor, però... No tots els gustos són iguals.

La Irene va fer lliscar els ulls més enllà de la finestra.

A la llunyania, retallades sobre la falda de la muntanya, es veien les restes de la vella fàbrica, aquella que havia aportat riquesa a la localitat durant gairebé cent anys, ara tancada, abandonada des de feia més d'una dècada i convertida en una ruïna prohibida a causa de la seva perillosa estructura de ferros rovellats.

La vida és una loteria.

—Bé, això és tot, suposo —va dir el professor Gustau—. Podeu marxar.

—Gràcies —va dir alleujat en Robert.

—*Keep on rocking*! —va intentar fer broma l'Antoni, repetint una de les frases més conegudes i habituals del professor.

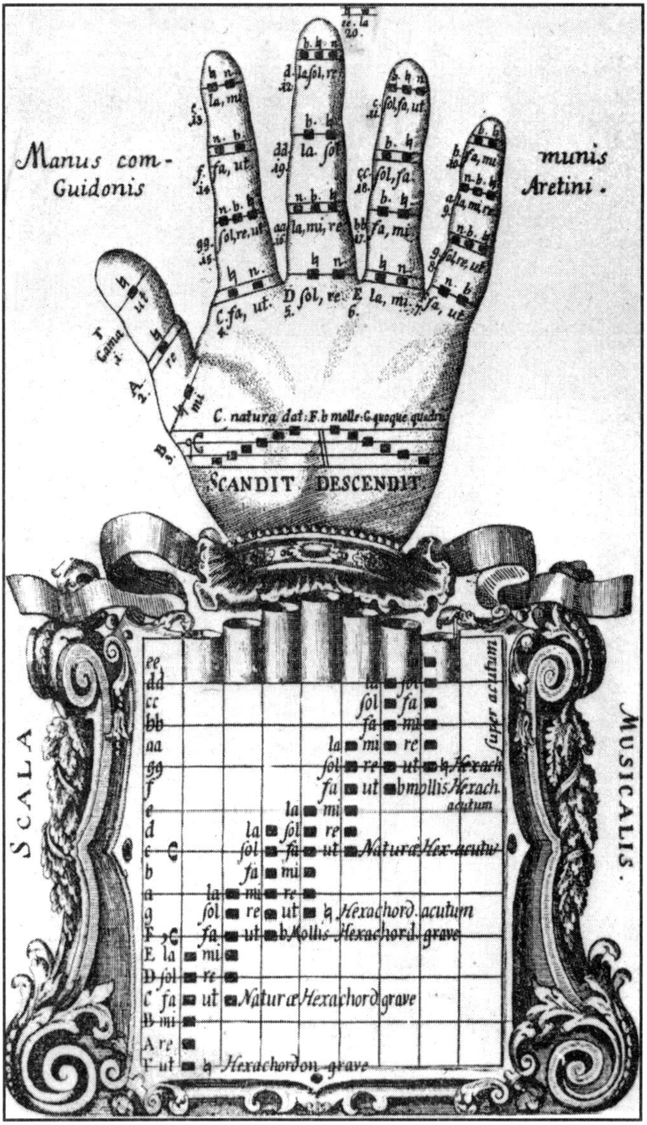

Manus com- munis
Guidonis Aretini.
C. natura dat: F. b molle: G. quoque quadr
SCANDIT DESCENDIT
SCALA MUSICALIS.
super acutum
bmollis Hexach.
acutum
Naturæ Hex. acutu
Hexachord. acutum
bMollis Hexachord. grave
Naturæ Hexachord grave
Hexachordon grave

—*Keep on rocking* —li va respondre ell sense gaire convicció i, evidentment, sense èmfasi.

Tots tres es van encaminar cap a porta de l'aula.

I el professor es va quedar sol.

Capítol
FAULA DELS 3 GERMANS
(Silvio Rodríguez)

Al patí, on la majoria d'alumnes s'esforçaven per veure qui udolava més alt, van buscar un lloc apartat en el qual poguessin parlar, mig consternats, mig culpables, mig tristos pel que havia succeït. No tots gastaven les seves energies corrent o parlant a plena veu. N'hi havia altres que es menjaven l'entrepà tranquil·lament o ajaguts al sol, que encara era càlid ben entrada la tardor.

Se sentien estranys.

—Pobre tio —va dir la Irene per trencar el silenci.

—Mira que és bona persona —va dir en Robert.

—Sí, s'enrotlla bé.

Això els va agermanar. No hi havia res millor que estar d'acord en alguna cosa, encara que no servís de res.

Es van asseure en una de les pedres que vorejava el petit bosc que hi havia al costat de la tàpia per la part més allunyada de l'edifici escolar. La Irene al mig, l'Antoni a la dreta i en Robert a l'esquerra. Compartien moltes coses des que eren més petits.

Fins i tot la nul·la oïda musical.

—De totes maneres, no sé per què s'entossudeix a convèncer-nos —va reflexionar ella.

—Sí, sembla obsessiu —va dir l'Antoni.

—Ens té afecte —va assentir en Robert.

—Doncs hi ha amors que maten —va rondinar el seu amic—. O almenys això he sentit a dir.

—Es preocupa per nosaltres, això és tot —va insistir en Robert.

—Doncs a mi és que la música...

—Cadascú és un cervellet en la seva especialitat. No podem ser-ho en tot.

Es van mirar. Allò de «cervellets» tenia suc. Anaven bé en altres matèries, però tant com per considerar-se «cervellets»...

—Què passa? —va protestar en Robert—. Ho he dit abans: tu vals per a les mates i aquest, per a la llengua, i jo tinc facilitat per a les ciències.

—Perquè el teu pare és veterinari i t'ha sortit la vena —li va endossar l'Antoni.

—Tens raó —el va defensar la Irene—. Les matemàtiques m'agraden, i a tu t'agrada la llengua —va dir a l'Antoni.

—Doncs la música és com les mates.

—D'això res —va replicar l'Antoni.

—Vinga, no discutim —va intervenir la Irene—. Mai no aconseguirem entendre com de les notes es passa a una melodia amb tants galimaties. Que si corxeres, que si fuses, que si silencis, que si això i que si això altre. I amb una hora a la setmana... A mi se m'oblida tot a la setmana següent!

—En Gustau pensa que és perquè no ens esforcem.

—Tots els profes pensen que quan un no entén alguna cosa és per falta d'esforç. No entenen que cadascú té un tipus de cervell, diferent del dels altres, amb les seves neurones d'un tipus i d'un altre, les seves aptituds per a això i la seva *burricràcia* per a allò.

En Robert solia fer acudits sempre, però aquesta vegada parlava seriosament.

—*Burricràcia* —i l'Antoni va fer espetegar la llengua.

—Digues-li com vulguis!

—Mireu, va per allà —els va interrompre la Irene.

Van veure el professor Gustau caminant pel pati, amb el seu aspecte distret i absent. No portava l'iPod penjat del pit amb els auriculars a les orelles perquè a l'escola estaven prohibits els aparells, fins i tot els mòbils. Al carrer, però, era estrany veure'l sense.

—Tan feliç amb la seva música —va sospirar l'Antoni.

—Boig perdut —va corroborar en Robert.

—Fan dels Beatles tant com d'aquest de qui tant parla, Stra... Stravon... Stravin... —va vacil·lar la Irene.

—Stradivarius —va apuntar l'Antoni.

—Stravinski, brètol —el va corregir en Robert.

—I tu com ho saps? —es va enfadar el seu amic.

—Perquè després que ens atabalés amb ell el vaig buscar per Internet, i fins i tot vaig escoltar una mica d'aquesta obra seva, *La consagració de la primavera*.

—I què?

—Brutal. Et posa els pèls de punta. La meva mare em va dir que en una pel·lícula de Disney que va veure de petita, *Fantasia*, en sortia un fragment i que era la millor part.

—Acabarem escoltant tots aquests, Mahler, Wagner...

—Led Zeppelin, AC/DC, Aerosmith...

—O Dylan.

—Ah, sí, Dylan.

Es van agermanar en la seva soledat-desgràcia-incomprensió. Uns quants segons.

—Ha de ser frustrant estimar alguna cosa i intentar ficar-la al magí d'uns servidors com nosaltres —va encertar a plasmar els seus sentiments la Irene.

—Però «ells» no eren i són l'enemic? —es va queixar l'Antoni.

Els professors.

Tots.

Van continuar mirant la innocent figura del professor Gustau.

—En Rodon, sí —va concedir l'Antoni—. I la Velasco. Però en Gustau...

En Manel Rodon era l'ogre de matemàtiques. La Paulina Velasco, l'àguila de llengua.

Estaven a punt d'oblidar-se del tema perquè no els amargués l'esbarjo, quan va succeir una cosa.

Capítol
LES 4 ESTACIONS
(ANTONIO VIVALDI)

En Triple T era un dels professors més estimats i odiats de l'institut. Estimat pels esportistes, els musculats, els que es passaven el dia practicant el culte al cos, corrent o lluint musculatura. Estimat també per moltes noies adolescents, sobretot les grans, que sospiraven per ell i quedaven bocabadades davant la seva anatomia perfectament dissenyada per a un anunci de calçotets. Però odiat per la immensa majoria pel mateix, perquè sempre anava amb pantalons curts, o es treia la samarreta a la més petita ocasió per lluir pectorals i abdominals, perquè era un pallús i es passava molt, somrient o mirant amb absolut menyspreu tots aquells que no creien que l'atletisme era l'aliment del cos.

En Triple T era en Tomàs Tejada Torné.

El profe de gimnàstica.

Caminava seguit per la seva cort d'acòlits, els seus devots adlàters, el grupet d'escollits que aspiraven a imitar-lo i arribar a modelar els seus cossos com si fossin uns vulgars *miquelàngels*. Encara que no hi hagués classe, encara que es tractés de la mitja hora de pati, encara que fos a la sortida de l'escola, en Triple T i els seus fanàtics anaven junts, formaven una pinya. Sempre que podien, es posaven a fer flexions o es penjaven de les branques dels arbres o es tocaven les puntes dels peus amb les mans planes.

Quin fàstic!

L'Antoni era rodanxó, en Robert era baixet i la Irene, massa prima a falta del farciment oportú que feia temps que esperava als seus dotze endarrerits anys.

—Només ens faltava això —va dir ella en adonar-se de la inevitable trobada.

Perquè en Triple T anava directe cap al lloc en què el professor de música semblava estar escoltant el cant dels ocells, d'esquena a l'escena que li venia a sobre.

Ningú, llevat d'ells tres, no es va adonar de l'incident.

El professor de gimnàstica «va saludar» el seu company de música clavant-li una impressionant plantofada a l'esquena. El professor Gustau va fer un parell de passes vacil·lants cap endavant i després va recuperar l'equilibri. Es va girar disgustat cap al seu astut agressor, que somreia d'orella a orella, com si un cop així fos d'allò més normal, almenys en qualsevol que no tingués la seva fluixesa.

—Home, Gustavet! —van sentir que exclamava.

Els alumnes de la seva cohort es van donar cops de colze entre si mentre s'aguantaven amb prou feines les ganes de riure.

—Hola. —El professor de música va moure les espatlles amunt i avall per recuperar-se de l'impacte.

—Sabeu que si jugués a futbol i fos brasiler li dirien Gustavinho? —i va pronunciar el nom amb un fals accent brasiler que acabava amb un afectat «nyu».

El professor Gustau va parpellejar.

En Triple T acostumava a dir estupideses, però de vegades era massa agut. I ara ho havia estat.

—Ah —es va limitar a dir.

—És clar que si fos futbolista no tindria aquest aspecte tan desnerit —el va punxar el professor de gimnàstica—. Continues sense fer-me cas?

—Ja ho veus.

—Ai, amic meu, no saps què et perds! —Semblava a punt de donar-li una altra amistosa «plantofada», així que l'agredit va fer un pas enrere, es va fer un embolic amb l'arrel de l'arbre situat darrere seu i va tentinejar per no caure.

Els alumnes musculats ja no van reprimir les seves rialles.

—Tomàs, què vols? —El professor Gustau va fer cara d'enfadat.

—Jo? —es va fer l'innocent—. Res. Em preocupo per tu, res més. Si et cuidessis més, segur que fins i tot la Pujol cauria.

La Maria Pujol era la professora de socials. Una ànima càndida. I tímida.

En Gustau Vallbona es va posar vermell.

—Menys música i més energia, home! —va dir alçant la veu per captar més públic, l'atlètic professor.

—Sembla mentida —va protestar la Irene, vermella de ràbia.

—Com li aixeca la camisa, aquest imbècil! —li va fer costat l'Antoni.

—No sé com ho aguanta —va afegir en Robert, baralladís, serrant els punys.

En Triple T continuava el seu assetjament i la seva demolició, i s'ho passava d'allò més bé, millor que mai. Era com un dels estudiants grans practicant el *bullying* amb un dels petits.

—Escolta, m'han dit que a la teva classe tens unes feres… Vaja, que ni Mozart ni Lennon!

La Irene, en Robert i l'Antoni van quedar blancs.

A sobre!

—I tu què, tens algun Lewis o algun Bolt? —es va atrevir a dir el professor de música plantant-li cara.

—Lewis? —En Triple T va fer cara de no entendre res—. Ui, que antic, no? Aquest no corria al segle passat? No estàs gaire al dia, encara que això d'en Bolt no està malament.

En Gustau Vallbona es va cansar d'aguantar-lo.

—Escolta, tinc feina, d'acord?

Va donar l'esquena al musculat i va sentir darrere seu les rialles del grup.

—No t'enfadis, home! És pel teu bé! —li va cridar el professor de gimnàstica.

La Irene, l'Antoni i en Robert el van veure caminar amb els punys serrats.

—Que porc —va remugar ella.

—Aquest torracollons es mereix una lliçó —li va fer costat en Robert.

—No sé per què li té mania —va dir l'Antoni.

—Tots els que no tenen cervell i es creuen més guapos o més forts que els altres són així. Uns complets tarats —va assegurar en Robert.

Van assentir amb el cap. Tots tres havien passat molt males estones per ser rodanxó l'un, baixet l'altre i prima ella.

—Ei, mireu això —els va fer notar la Irene, que seguia pendent del professor de música perquè caminava en la seva direcció.

En Gustau Vallbona s'havia aturat.

Es recolzava en un arbre.

En Triple T i els seus acòlits anaven darrere dels seus passos sense adonar-se'n, envoltats en el seu núvol, segurs i poderosos, com si fossin déus de l'Olimp i el món hagués d'apartar-se quan s'acostaven.

El professor de música va allargar un peu.

La Irene, en Robert i l'Antoni van fer uns ulls com unes taronges.

Tres, dos, un...

El professor de gimnàstica va ensopegar amb la cama estirada del seu homònim i, com que estava distret i no s'ho esperava, es va quedar sense reflexos.

No va reaccionar. I va caure cap endavant.

No va arribar a impactar contra el terra, però va fer dos o tres saltets d'allò més ridículs i va acabar subjectant-se com va poder al cos llargarut i descompensat de l'Anna Pi, una de les jovenetes més serioses i poc amigables de l'institut.

Una escena impagable.

L'Anna Pi traient-se'l de sobre com si fos un pop.

I el professor de gimnàstica fora de si, meitat espantat meitat vermell d'ira, de ràbia...

Es va girar cap a en Gustau Vallbona, que li va ensenyar la més innocent i sincera de les seves expressions.

—Ho has fet expressament! —Semblava a punt de saltar a sobre d'ell—. Ets un traïdor, un ressentit, un...

En el sobtat silenci del pati, amb els acòlits pendents del que anés a passar, només es van sentir les rialles de la Irene, en Robert i l'Antoni.

En Triple T va passar la seva fúria del professor de música a ells.

—I vosaltres! —Els apuntava amb un dit inflexible que semblava una pistola a punt de ser disparada—. Vosaltres veureu el que us espera, dropos!

Un llamp no hauria causat més impacte.

El professor de gimnàstica va fer mitja volta i, sempre seguit pels seus deixebles, va desaparèixer del pati com una exhalació, deixant darrere seu molt de desconcert i la sensació que la seva amenaça era més que real.

Per a tots.

El professor de música i els seus tres alumnes més... il·lustres.

Malgrat tot, la rialla va tornar a ser general i va omplir l'aire de contagiosa alegria, igual que una pluja de confeti en una celebració.

Capítol
TAKE 5

(Paul Desmond, Dave Brubeck Quartet)

Des de la finestra de la seva habitació, la imatge de la vella fàbrica en ruïnes era encara més evident, forta i singular. Més que un vestigi de l'esplendor de passat, era un record perenne que els vells temps no tornarien. El poble (o la ciutat, segons com la veiessin els uns i els altres) sofria els efectes de l'estancament que, inexorable, se'ls anava menjant dia a dia. El seu germà gran havia treballat a la fàbrica i ara ho feia a la capital, on vivia amb la seva parella. La seva germana també estudiava allà la carrera. I ella acabaria seguint els seus passos. Davant de la manca de futur, l'única cosa que els quedava era mirar cap endavant, malgrat que això signifiqués donar l'esquena a les seves arrels, a la seva casa, al lloc on havia nascut i on ara cremava els anys de la seva infància i adolescència.

El seu pare li ho repetia una vegada i una altra:

—Estudia. Estudia i esforça't o acabaràs com jo.

El seu pare no tenia gaire bon concepte de si mateix.

Una pena.

Ella, per la seva banda, no tenia ni idea del que seria de gran. Encara no ho havia descobert i esperava alguna cosa així com una revelació. Almenys sabia el que no volia ser: no volia treballar en una oficina, ser una més, amb un horari, ni aguantar un cap. Val més això que res.

I el professor de música s'entossudia que aprenguessin solfeig i aquestes coses inútils.

Li agradava la música, és clar, i ballar, i era fan d'un parell de *guaperes* i de diversos grups fabulosos. Però d'aquí a interessar-li saber llegir una partitura o tenir el més petit interès per conèixer si una cançó tenia un ritme de quatre per quatre o de catorze per vint-i-set...

Li sabia greu per en Gustau Vallbona.

Era, de bon tros, el millor dels professors de l'institut.

I, sens dubte, quan els feia escoltar música i els explicava què estaven sentint, valia la pena. Sabia moltes històries, coneixia moltes anècdotes, era com si hagués estat allà, en temps de Beethoven o dels Beatles. El seu cap era una enciclopèdia musical completa.

La seva mare va treure el cap per la porta de la seva habitació.

—Vols fer el favor d'abaixar la música? —li va retreure—. El teu pare té mal de cap.

—Estic estudiant —se li va acudir dir.

—Estudiant? —La dona va mirar la seva taula desordenada però buida de llibres o llibretes obertes—. Què estudies?

—Música. Hem d'escoltar unes cançons per a un examen.

La paraula *examen* va fer tant d'efecte com l'anterior, *estudiar*. Eren sagrades a casa.

—Des de quan escoltar unes cançons forma part d'un examen? —va continuar la seva mare amb la mosca pujant-li al nas.

—És per a la classe de música, mare. Ja ho saps.

No, no ho sabia.

Però la mosca va recular.

—D'acord, doncs posa-la baixa. No crec que treguis més bona nota perquè ens deixis sords a tots. —I sense renunciar al seu emmurriament, va afegir—: Quines coses més estranyes que estudieu avui, Déu meu! Si és que...!

I amb el «Si és que...!» va arriar veles, va tancar la porta de l'habitació i la va deixar sola.

La Irene va abaixar el volum del seu equip de música.

Li havien prohibit l'iPod amb els auriculars més de mitja hora al dia per por que quedés sorda.

Tot perquè unes setmanes abans, en un programa de la tele, un «expert» havia dit que passar el dia amb els auriculars a les orelles o parlant pel mòbil feia que els joves correguessin el risc de patir sordesa aguda a la vellesa.

La vellesa. Quan ella fos vella, ja no hi hauria sords, segur.

—Quina barra...

Se sentia fastiguejada sense saber per què. Feia dies, setmanes, que se sentia així, des del començament de curs. El seu cap estava canviant, el seu cos es demorava. Però en el seu interior es desfermaven forces obscures i incontrolables que li feien sentir el vertigen del que l'esperava. Un escriptor que havia anat al seu col·legi a parlar-los els havia dit que en l'adolescència la vida era com un tren de mercaderies que t'atropella sense que ningú no t'avisi.

Que un professor tingués interès per ells i ells no poguessin o no sabessin correspondre-li...

—És frustrant.

Va deixar que el CD acabés i es va girar d'esquena a la finestra i al símbol del fracàs de les esperances del poble, gravat amb foc en les ruïnes de la vella fàbrica.

Si hagués continuat oberta sí que s'haurien convertit en una ciutat.

Una ciutat de debò.

No aquella indefinició de «ciutat petita / poble gran».

Li faltava poc per acabar la novel·la que estava llegint i que li agradava molt, tant que la nit anterior se li havia fet molt tard devorant-la, però com que gairebé ja era l'hora de sopar va optar per sortir del seu reducte privat i afegir-se a la vida familiar.

El seu pare ajudava la mare en els preparatius. Això, abans, no passava. Però els temps canviaven. La seva mare un dia l'havia cridat a capítol i el seu pare, sota amenaça de tempesta, vaga, morros i boicot, va claudicar al que era evident. Des d'aleshores, res de jeure davant de la tele veient bajanades o fingint llegir el diari com si les notícies de l'altra banda del món li importessin. Des d'aleshores el seu pare cuinava, parava la taula, preparava l'amanida o rentava els plats. Al cinquanta per cent.

El seu pare, de totes maneres, era un sant.

La baralladissa era la seva mare.

I cada dia que passava ho era més.

—Ja has deixat d'*estudiar*? —Va fer servir molta sorna per deixar anar l'última paraula.

—Sí.

—Doncs vinga, que hi ha feina!

—Caram, per això he sortit, no?

—Si és que…

Era la frase favorita de la seva mare. El «Si és que…» que no faltés.

La Irene es va preguntar com serien els pares del professor Gustau, com devia ser ell de nen o adolescent, què li havien respost quan els va dir que volia estudiar música i, a més, ensenyar-ne. Cada professor era un misteri inexorable, però en Gustau Vallbona…

—Què faràs demà? —li va preguntar el cap de família.

—No ho sé. Fer una volta, suposo. Perquè em toqui l'aire.

—És que no et toca l'aire cada dia anant a l'escola? —va intervenir la dona.

—És diferent, mare.

—Si és que…

—Deixa-la, que té raó —la va defensar el seu pare—. Una mica de color no li anirà malament. No deus voler que es passi tot el dia a casa? Si ha d'estudiar, ho pot fer a la tarda, oi, reina?

—Sí, pare.

—Però estudiar… estudia, eh?

—Que sí.

La seva mare va passar pel seu costat deixant una reguera doble: d'olor de sopa i d'indignació.

I li va dir:

—Si és que…

Capítol
FROM A BUICK 6
(Bob Dylan)

L'Antoni també mirava les ruïnes de la vella fàbrica amb els ulls perduts des de la finestra de la seva habitació. Era com si, des de qualsevol lloc, aquesta fos l'estampa única. Rars, i escassos, eren els llocs on per alguna cantonada no aparegués aquella immensa mola que un dia havia estat l'orgull de la petita ciutat. El seu pare, que era regidor de l'Ajuntament, proposava de vegades solucions perquè no es convertís en un reducte del passat i, de passada, trobar-hi una utilitat. Entre les seves moltes i peregrines idees en destacaven diverses: l'última consistia a convertir la fàbrica en un parc temàtic, per a la qual cosa havia escrit ja al president de la Comunitat. Altres eren no menys peregrines: transformar-la en un centre cultural i museu històric de la vila, remodelar algunes zones perquè fossin espais com biblioteques o tallers creatius, vendre els terrenys per construir pisos... Llàstima que, per a tot, es necessitaven primer diners, i d'això no n'hi havia. Les arques municipals estaven sota zero.

Si no apareixia petroli sota el subsòl d'alguna plaça, estaven condemnats a continuar igual *ad eternum*. I si el petroli sorgia de sota la casa o el jardí del vell Florenci, no hi hauria res a fer. El vell cacic encara es creia que fins on arribava la vista li pertanyia.

—A aquest pas, s'acabarà el segle XXI i estarem igual —va sospirar apartant-se de la finestra.

Va mirar el reproductor de música. Se sentia malament per tot allò del professor Gustau. Però és que el que més li venia de gust en aquell moment era llegir, i no pas posar-se a interpretar notes. Alguns del col·legi li deien que era una persona molt estranyota per això de llegir. Eren molt burros. Però molt. No en tenien ni idea. I ho feia per necessitat, per plaer, però també per sentir-se especial, diferent de la resta, al marge de la gran massa que sempre actuava en bloc, sense criteri ni personalitat. A ell, la simple necessitat de fer «alguna cosa diferent» el seduïa i l'empenyia a seguir el seu instint rebel, contestatari. Per això li queia molt bé el professor de música i captava perfectament les seves teories. Si una majoria era addicta al futbol, prescindir d'allò no el convertia en un *rara avis*, sinó en algú amb criteri per desmarcar-se de la resta. Si uns consideraven que llegir era avorrit, ell estava segur que això li conferia un poder únic sobre ells. En Robert se li assemblava en l'aspecte científic i la Irene, en el matemàtic. A cadascú el que és seu.

Es va ajeure al llit i va agafar un llibre.

Ja era tard.

De sobte, algú va trucar a la porta de la seva habitació.

—Sí?

—Puc passar?

El seu pare.

—És clar.

L'home va treure el cap pel marc de la porta. Li va somriure per sota de les rodones ulleres a l'estil de John Lennon. La llum incidia en la seva calba i la feia brillar.

—Llegeixes?

—Sí.

—D'acord —i es va asseure al seu costat al llit—. Volia consultar-te una cosa.

—A mi?

—Vull proposar un altre pla per a la fàbrica.

—Un altre?

—Sí.

—I allò del parc temàtic?

—Per si no funciona aquesta opció. Depèn del president de la Comunitat més que de la nostra alcaldia... És millor tenir bales a la recambra.

—Ah —no va saber què dir.

—Què et semblaria escriure a les grans multinacionals? No ho sé, la Coca-Cola, la Nike, la... —no se li van ocórrer més multinacionals perquè va semblar quedar en blanc—. Els proposem regalar-los el terreny i que vinguin a invertir aquí. Ho arreglen tot i donen nova vida al lloc.

L'Antoni va quedar mut.

—Què me'n dius? —li va donar pressa el seu pare.

—No ho sé. És que... Tu creus que la Coca-Cola vindria fins aquí i es gastaria una pasta per remodelar-la tota i convertir-la en una fàbrica dels seus productes?

—Per què no? Estem ben situats, tenim comunicacions, el lloc és perfecte, el terreny és òptim... No crec que haguessin de gastar-se gaires diners per arreglar la fàbrica.

—Però si cau a trossos, pare.

Era un argument de pes.

L'home va donar una primera mostra de desànim.

—No, oi?

—Tens bones idees —va suggerir l'Antoni—. Qualsevol dia l'encertaràs. Després faltarà que l'Ajuntament te l'aprovi, és clar. Però el més important és no parar de donar-hi voltes.

—Donar-hi voltes —va repetir el seu pare apuntant un somriure.

—Això.

—D'acord —i es va incorporar.

—Escolta, gràcies per venir a dir-m'ho —va dir el seu fill.

—Som un equip, no?

Quan el seu pare es posava sentimental, era únic.

—Sí, pare.

—Vinga, no apaguis el llum gaire tard, que després t'adorms a altes hores de la nit.

—Demà és dissabte.

—És igual. A la teva edat dormir molt és important. Les neurones necessiten descans.

Sempre estava preocupat per les neurones.

El va veure tancar la porta i es va submergir en el seu llibre. Una molt bona novel·la de ciència-ficció, apassio-

COMPA
X

nant. Res de fantasies amb dracs, elfs i altres bèsties. Allà hi havia màquines, planetes inexplorats i éssers intel·ligents. El futur de la humanitat.

Algun dia la vella fàbrica potser tindria un nou renaixement.

Ho pensaria si arribava a ser alcalde.

Un minut després, l'Antoni ja no era en aquest món, sinó al planetoide A-97, on una fàbrica totalment artificial d'androides, sense operaris humans, patia l'atac d'un virus galàctic que alterava els sistemes d'una pila de màquines i les convertia en éssers vius amb un enorme ventall de caràcters, des dels més perversos fins als més nobles, la qual cosa requeria que algú hagués de posar ordre i, primer, frenés la producció, però, després, intentés eliminar les màquines deteriorades que ja estaven pensant a organitzar-se i atacar la Terra.

«El noi» era una màquina convertida més o menys en xèrif.

No portava revòlver al cinyell, però enviava uns raigs làser amb els ulls...

Capítol
THE MAGNIFICENT 7
(ELMER BERNSTEIN)

En Robert va obrir els ulls i, primer, es va estirar, però en veure l'hora va quedar més tens que un filferro sense roba estesa.

Dos quarts de nou.

Va saltar del llit i aleshores va recordar dues coses: que era dissabte i que per això havia desconnectat l'alarma del despertador.

Avui no hi havia classe.

Va tornar a deixar-se caure d'esquena i va rebotar al matalàs un parell de vegades abans de quedar-se quiet.

No tenia res planejat. Podia quedar-se a casa, sortir una estona o anar a la consulta del seu pare per veure'l curar els animals del poble, sobretot gossos, alguns gats, periquitos... Si havia d'atendre un cavall o una vaca, feia la visita a domicili, encara que els cavalls o les vaques estiguessin als afores, als camps que hi havia al voltant de la vila. Però en part, també, perquè era una feina que l'atreia, una cosa fabulosa..., llevat de quan un gos era ja massa vell i se li posava una injecció perquè deixés de patir. Veure morir el pobre animal i veure les llàgrimes de l'amo o la mestressa...

Ja no tenia son, així que va anar al lavabo, es va dutxar en dos minuts, es va rentar les dents en un i va tornar a l'habitació. Mentre es vestia va pensar en l'esmorzar. La seva mare ja se'n devia haver anat amb el pare, perquè ella li feia d'ajudant, secretària, infermera, de tot. La consulta l'obrien a les nou del matí, però abans passaven pel bar d'en Manel a esmorzar. Això de treballar el dissabte era degut al fet que moltes persones no podien portar els seus animals els dies laborables. Així que ells se sacrificaven. Però, gràcies a això, ell molts dissabtes passava per la consulta i aprenia de primera mà.

I a sobre, el seu pare, feliç.

Quan va estar vestit es va recordar del mòbil.

Encara no hi estava del tot habituat, s'oblidava de carregar-lo, apagar-lo o posar-lo en marxa. L'hi havien regalat pel seu aniversari amb la promesa que no el faria servir gaire, que no enviaria SMS sense més ni més ni que trucaria per fer-se notar. Ho complia al peu de la lletra. El seu pare mirava la factura amb lupa. El millor era que l'aparell portava incorporat una pila de jocs i que fins i tot assegut al vàter podia practicar.

El va connectar, va introduir la contrasenya, va sentir la musiqueta d'inici i el va deixar a sobre de la taula.

No esperava cap trucada perduda a aquesta hora.

Per això es va sorprendre quan, al cap de deu segons, el mòbil el va alertar que tenia un missatge.

S'hi va acostar i va veure el sobre a la part superior. Un sobre amb una marca incorporada.

Missatge amb imatge.

Algú li enviava una bajanada, segur.

Però el número del remitent li era totalment desconegut.

Una propaganda?

Va obrir el missatge i el primer que va llegir va ser el text, breu, concís: «Parc, a les 9».

Va mirar el rellotge. Eren tres quarts de nou.

Aleshores va mirar la imatge.

La foto.

I va quedar mort.

Com en les novel·les barates: la sang es va escapar de les seves venes o se li va congelar, o tot això i més alhora.

—Però què… —va aconseguir balbucejar.

En Gustau Vallbona, el professor de música, amb el tors nu i aspecte desolat, com si hagués perdut el coneixement, penjava d'unes cadenes a dalt d'una tina o més aviat un tanc d'aigua.

Al costat de les cadenes hi havia un rellotge.

Marcava les dues en punt.

La foto era petita, però havia estat feta amb detall, perquè s'apreciés tot i no quedessin dubtes sobre les seves intencions.

Un rellotge, un compte enrere, un cos suspès sobre un tanc d'aigua, encadenat…

A les dues en punt el professor de música cauria al tanc i s'ofegaria.

En Robert es va empassar saliva.

Després va sortir a corre-cuita de casa seva, sense esmorzar, amb la ment del revés, per arribar al parc al més aviat possible.

Capítol
8 DAYS A WEEK
(Lennon-McCartney, The Beatles)

La Irene va entrar al parc corrent, tan congestionada que fins i tot li costava respirar. Com que era molt d'hora, amb el lloc encara buit de vells que prenien el sol i de mares que passejaven els seus fills, els coloms van alçar el vol espantats per la irrupció i es van escampar pels arbres.

La Irene va buscar alguna cosa sense veure res.

«Parc, a les 9».

Eren les nou menys tres minuts.

—Vinga, vinga, vinga! —va sospirar.

Portava el mòbil a la mà. El mòbil amb la fotografia del professor Gustau encadenat i penjat sobre un tanc d'aigua, amb l'amenaçador rellotge a un costat. El va mirar un cop més.

Una broma.

Havia de ser una broma.

De mal gust, macabra, però una broma al cap i a la fi.

Allà mai no passava res.

I menys una cosa tan de pel·lícula de terror americana.

Va continuar passejant els ulls pel voltant, sota el silenci amb prou feines trencat pel parrupeig dels coloms enfilats a les branques dels arbres. Gairebé no circulaven cotxes pels carrers del costat del parc.

Qui els havia citat?

I per què?

Per la seva esquerra va captar un moviment, un embalum que s'acostava corrent com ho havia fet ella. Un embalum que va anar creixent, identificant-se, fins a convertir-se en l'Antoni.

Quan el noi va arribar al seu costat, estava vermell, molt vermell. Probablement no havia corregut tant en la seva vida. Ni en la nefasta classe de gimnàstica d'en Triple T. Tenia els ulls desorbitats i suava igual que si fossin a ple agost. Va ser incapaç de dir res.

Només li va ensenyar el mòbil.

La mateixa foto.

La Irene li va ensenyar el seu.

—Què està passant aquí? —va gemegar espantada.

L'Antoni no estava per dir res. Ho va intentar, però no ho va aconseguir. Els batecs del seu cor es podien sentir des de dos o tres metres de distància. Abans que la Irene pogués tornar a parlar, però, va passar alguna cosa més.

Un tercer i embogit company va fer acte de presència per la seva dreta.

En Robert.

En veure'ls, es va aturar i es va ajupir per recuperar l'alè. Tampoc no va caldre gran cosa més. La Irene i l'Antoni continuaven amb el mòbil a la mà. En Robert ho va captar de seguida.

Va assentir amb el cap.

Tres missatges.

No hi havia ningú més. Van esperar un minut. Cap dels seus companys de classe no va aparèixer al lluny. El rellotge de la torre de l'església, presidint la plaça i el parc, els va alertar amb un sonor toc que eren les nou en punt del matí.

—I ara què? —va sospirar la Irene.

Van passar uns segons. No gaires.

L'espetec d'una moto es va aproximar a ells fins que van localitzar-ne el propietari per entre els arbres. Era un missatger. Es veia perfectament el seu uniforme, de color vermell, igual que una taca errant. Va aturar la moto a l'entrada del parc i va desmuntar. Després es va treure el casc amb parsimònia, el va deixar damunt del seient, va agafar una cartera que es va penjar en bandolera i va avançar amb pas ferm i decidit cap a ells, com si fos una cosa del tot normal que tres adolescents fossin a les nou del matí sols enmig del parc.

—Hola —els va saludar jovial—. Sou la Irene, en Robert i l'Antoni?

Van assentir amb el cap, muts, perplexos.

—Molt bé. Confiaré en la vostra paraula —i els va picar l'ullet—. No cal que m'ho demostreu. Suposo que no hi ha ningú més per aquí a aquesta hora.

No hi havia ningú més.

El missatger els va posar sota les barbetes un full subjectat a una làmina de plàstic.

—Signeu aquí.

—Qui? —va preguntar la Irene.

—Oh, és igual. Un dels tres.

Ho va fer ella, igual que un autòmat, sense preguntar a què treia cap allò. Res del que estava succeint en els últims minuts no tenia gaire sentit.

—Perfecte! Entrega feta a les nou en punt! Sóc d'allò que no hi ha! —i el missatger es va desar la làmina a la cartera i en va treure un sobre que els va allargar sense més ni més.

Cap no el va agafar.

El van contemplar hipnotitzats.

—Vinga, agafeu-lo, que no tinc tot el dia!

—És... per a nosaltres? —va preguntar en Robert.

—Sou *vosaltres*, no? —Va remarcar la paraula central—. Doncs si ho sou, això és vostre.

L'Antoni va allargar la mà i es va apoderar del sobre.

Alliberat d'aquest, el missatger va fer mitja volta i es va acomiadar alçant una mà, sense deixar de caminar cap a la seva moto.

—Que passeu un bon dia!

No van reaccionar fins que la moto va espetegar novament i els va deixar sols.

—Què fem? —va dir l'Antoni.

—De moment, obrir el sobre —va respondre la Irene.

—Què creieu que hi ha dins? —va vacil·lar en Robert—. Això sembla una retorçada pel·lícula de terror amb un assassí en sèrie pel mig.

La Irene va agafar el sobre de les mans a l'Antoni i el va obrir. Contenia un full, un llapis... i la mateixa foto enviada a tots tres, però més ampliada i amb tots els detalls.

La imatge del pobre professor de música era patètica.

—Això és massa... —va gemegar en Robert.

La Irene es va escurar el coll. El full estava escrit amb ordinador, en lletres grosses i llegibles.

Hola, melòmans. Ha, ha, ha! Melòmans! Sabeu una cosa? Aquest cretí que veieu en la foto diu que no sou dolents, només ganduls i una mica durs d'oïda. I creu en vosaltres! Hi ha gent babaua, no cal dir-ho. Però, mireu, hem apostat una cosa: jo, que sou tan burros com sembleu. Ell, que no. Bé, més que una aposta és un joc.

Són les nou del matí. Teniu cinc hores, fins a les dues, per resoldre un enigma: trobar el vostre profe de música. Si el trobeu abans de les dues, podreu desactivar la trampa i el bo d'en Gustau no s'hi ofegarà. Si arribeu a les dues i un minut o no arribeu, com crec que passarà, és clar que caldrà buscar-li un substitut. Sereu els responsables de la seva mort, per babaus. Sigui com sigui, vosaltres mateixos. És a les vostres mans i als vostres caps.

I en què consisteix el joc? Doncs a trobar el lloc, i sense trucs. O es completa el procés o activaré la trampa abans d'hora. Us donaré una sèrie de pistes, cada una us conduirà a un lloc on trobareu un sobre amb una nova pista i un enigma que haureu de resoldre. Amb cada enigma resolt, tindreu una lletra de la paraula clau: el lloc on hi ha en Gustau Vallbona. Els enigmes i les pistes estaran relacionats amb la música, és clar.

I us ho torno a dir: no intenteu anar de llestos. Si passeu de tot, adéu profe. Si no resoleu tots els enigmes i no deduïu el lloc, adéu profe. No us servirà de res accelerar la cosa, perquè potser fins i tot us segueixi via satèl·lit, ha, ha, ha. Ho heu captat? Doncs si és així..., ja podeu començar, trio d'inútils més sords que Beethoven!

Aquí teniu la primera pista. Resoleu-la i descobrireu el lloc on us donaran o trobareu el següent sobre del joc.

La Irene va acabar de llegir i els va mirar al·lucinada.

—Però qui...?

—Creieu que va de debò? —En Robert va tocar el punt feble.

—Mira la foto —li va fer constar l'Antoni.

La foto era seriosa, molt seriosa.

—I si no fem res? —va dir la Irene.

—No vull ni pensar que faci el que diu —es va estremir l'Antoni.

—No és més que… un joc, no? —va vacil·lar en Robert.

—Com si anés a posar-nos-ho fàcil! —va protestar la Irene amb els ulls encesos per la fúria i el desànim—. El que vol és que fracassem i caigui damunt la nostra consciència el que li passi al profe de música!

—Si fracassem, almenys ho haurem intentat —va dir l'Antoni.

—Això és veritat —li va fer costat en Robert.

—Quina és la primera pista? —va voler saber el seu amic.

La Irene va girar el full. S'hi veia una típica sopa de lletres. N'hi havia un munt d'alineades horitzontalment i verticalment, en aparença sense cap sentit.

—«En aquesta sopa de lletres —va llegir el text que hi havia a sota la sopa— hi ha quaranta-cinc paraules relacionades amb la música, incloent-hi les set notes. Una mateixa lletra pot servir per a dues o més paraules, però una paraula no està continguda en una altra, així que SOLFA i SOL són diferents. En aquest cas, la que preval és la llarga, i no pas la curta. Quan trobeu les quaranta-cinc paraules, us quedaran lliures quaranta-vuit lletres. Amb aquestes formareu la frase que us conduirà al lloc en què us espera el sobre següent. No perdeu temps. Teniu cinc hores… o menys, oi? Com veieu, he pensat en tot, i fins i tot us adjunto un llapis, perquè m'imagino que amb les presses a cap no se li haurà acudit agafar-ne un. Joc net. Llegiu el que us dic al final de la sopa de lletres o si no us fareu un embolic. Ah, no us servirà de res avisar la policia, al contrari, ho complicareu tot, perquè a les dues... adéu! Accepteu el repte i resoleu-lo per vosaltres mateixos. Us asseguro que és el més ràpid.

Allà hi havia la sopa de lletres.
Eren les nou i nou minuts.

Capítol

SIMFONIA NÚM. 9

(Ludwig van Beethoven)

Van intercanviar una mirada, incrèduls, espantats per aquell malson i bastant aclaparats.

Un bonic matí de dissabte que es convertia en...

Massa per simplificar-ho amb una sola paraula.

—Què fem, vinga? —va preguntar la Irene.

—Opció u, anar a la poli —va dir l'Antoni—. I ens recomana que no la seguim.

—Opció dos, passar —va dir en Robert—. I sabent que el profe de música està així... —va fer un gest de desgrat sense tornar a mirar la foto.

—L'opció tres és anar a buscar-lo, demostrar-li que no som ni babaus ni durs d'oïda —va dir la Irene—. Primer, salvar el senyor Vallbona. Després...

—Després castigar aquest... qui sigui com es mereix.

—Us imagineu com s'ho deu estar passant encadenat i...?

—El que sigui no hi ha dubte que copia els sistemes de les pel·lícules, com has dit abans. Això és d'allò més truculent...

—En el cinema fa fàstic, i de vegades fins i tot fa gràcia, però això és la realitat.

Van tornar a mirar-se, consternats.

—Qui voldria fer-li mal i, a sobre, ficar-nos a nosaltres tres en el...?

La Irene va quedar en suspens.

Muda.

Tots tres van obrir els ulls.

—En Triple T! —van exclamar alhora.

Un sentiment d'impotència, desànim i amargor els va envair d'immediat. Com si se sentissin derrotats de bon principi.

—No m'ho puc creure, de debò que no —va sospirar l'Antoni.

—Ahir es va picar molt, ja ho vau veure vosaltres mateixos, amb el profe de música i amb nosaltres! —va recordar en Robert.

—Sí, va dir que ell era un traïdor i un ressentit i que nosaltres ja veuríem què ens esperava, i ens va dir dropos! —va exclamar la Irene.

Uns altres preciosos minuts de silenci.

—Bé, posem fil a l'agulla, no? A aquest pas ens passarem el matí discutint i tots hem de ser a casa a dos quarts de tres en punt per dinar, així que tenim temps —va proposar l'Antoni—. Vegem aquesta maleïda sopa de lletres.

Es van apropar a un banc i van estendre el full per poder-lo mirar amb calma.

O	R	A	T	O	R	I	L	A	S	C	C	P	R	I
P	M	E	E	E	M	A	J	O	R	O	A	R	A	L
U	P	I	M	S	T	M	L	S	A	R	N	O	T	A
S	L	A	P	T	E	F	N	I	E	A	T	A	C	E
C	A	N	O	N	A	U	E	M	B	L	N	O	T	G
O	R	S	O	O	U	G	G	F	I	A	R	L	B	A
R	I	R	L	E	P	A	R	O	U	D	I	E	L	P
C	A	M	B	R	A	E	A	N	M	S	E	X	A	O
L	C	O	M	P	A	S	R	I	N	O	A	R	N	L
E	S	C	A	L	A	S	U	A	L	M	T	T	C	S
A	R	P	E	G	I	R	E	I	E	I	S	R	A	T
I	M	C	O	N	C	E	R	T	T	O	E	A	I	C
S	A	R	S	U	E	L	A	U	T	E	F	D	O	O
B	P	E	N	T	A	G	R	A	M	A	I	D	U	D
E	S	O	L	L	C	A	N	T	A	T	A	O	L	O

Alerta: Les paraules estan escrites horitzontalment i verticalment, i també en diagonal, de dalt a baix, de dreta a esquerra i d'esquerra a dreta, però sempre descendents.

Utilitzeu només el SOL horitzontal.

En horitzontal hi ha dos LA i un RE que no valen. I un altre RE en vertical que tampoc no val.

En diagonal, de dalt cap a la dreta, hi ha un MI que tampoc no és vàlid.

Hi ha dos DOS verticals. L'últim no val; el primer, sí.

En les diagonals de dalt a baix cap a la dreta, apareix dues vegades la mateixa nota. Valen.

Per a la resta, feu servir la lògica.

Vinga, valents, a pencar, ha, ha, ha!

—I a sobre que se'n rigui... —La Irene va estrènyer els punys.

—Li demostrarem qui som —i l'Antoni va deixar anar una glopada d'aire.

—Exacte. Si el guanyem, s'ha acabat la història —els va fer costat en Robert.

Van mirar la sopa de lletres.

Quaranta-cinc paraules.

—Comencem per les horitzontals, som-hi. —La Irene no va voler cedir al desànim. I ella mateixa va començar a marcar-les amb el llapis—: ORATORI... MAJOR... NOTA... CÀNON... CAMBRA... COMPÀS... ESCALA... ARPEGI... CONCERT... SARSUELA... PENTAGRAMA... SOL... CANTATA...

—En tenim tretze —va comptar en Robert.

—En veieu cap més?

—Hi ha un TO després de CONCERT —va fer notar l'Antoni.

—És veritat. Catorze —va dir la Irene.

—Ara les verticals.

La Irene va continuar portant la veu cantant:

—OPUS... COR... ÀRIA... TEMPO... FUGA... NEGRA... SIMFONIA... CORAL... MI... CANT... DO... BLANCA... LA... POLS... I ja està, oi?

—Tenim catorze paraules més. Total: vint-i-vuit —va dir en Robert.

—Repassem-les, perquè les complicades són les diagonals —va apuntar l'Antoni com si fos el més gran expert en sopes de lletres del món.

Ho van fer, sobretot perquè no se'ls perdés una nota i sense oblidar les especificacions sobre les que valien i les que no valien. Eren les més simples, una sola síl·laba, però també les que més confusions podien crear.

El resultat va ser el mateix.

—Busquem les diagonals de dalt cap a la dreta —i la Irene va reprendre la lectura col·locant a manera de regle una branqueta que havia recollit de terra i partint des de l'angle superior esquerre—. SONATA... RE... BAIX... FUSA... TRIO... DUO... ÒPERA... SUITE i... En veieu cap més?

—Diu que hi ha dos cops la mateixa nota —li va recordar l'Antoni.

—L'única nota és RE, així que...

—És aquí! —En Robert la va trobar entre SONATA i BAIX.

—Doncs són nou paraules més, en total trenta-set.

—Només en falten vuit! —es va animar l'Antoni.

Quedaven les diagonals de dreta a esquerra.

—Això és un SI... MENOR... SOLFA... ACORD... PARTITURA... Aquí hi ha un FA... i l'última és... CODA.

—Set —va dir en Robert.

En tenien quaranta-quatre. No calia que ningú ho digués en veu alta.

Els en faltava una.

—Maleïda sigui —va rondinar l'Antoni.

—Tant li fa, per una paraula... La frase que construïm amb les lletres sobreres serà més o menys igual —va voler fer trampa en Robert.

—Recordes la nota? Res de trucs. I si la paraula que falta ens canvia, per exemple, el nom del carrer? No ens podem arriscar. Tornem a repassar-la.

Van fer cas a la Irene, encara que de mala gana. En Robert ja havia començat a llegir les lletres que havien quedat soltes, sense marcar. Van repassar primer les horitzontals, després les verticals, molt a poc a poc. Allà no hi havia res més. Les complicades eren les diagonals.

I en les que queien cap a la dreta...

—LIED! —va cridar la Irene—. Maleïda sigui! La D final és la primera de DUO, per això en veure DUO no m'he adonat de l'anterior! LIED!

—I això què és? —En Robert va fer cara de mal de panxa.

—No te'n recordes? És un tipus de composició. El professor de música ens va dir que procedia de l'alemany.

—Quina memòria —va dir l'Antoni.

—Molta memòria però hem estat de poc que no la trobem!

La sopa de lletres estava acabada, amb les quaranta-cinc paraules marcades.

Quedava així:

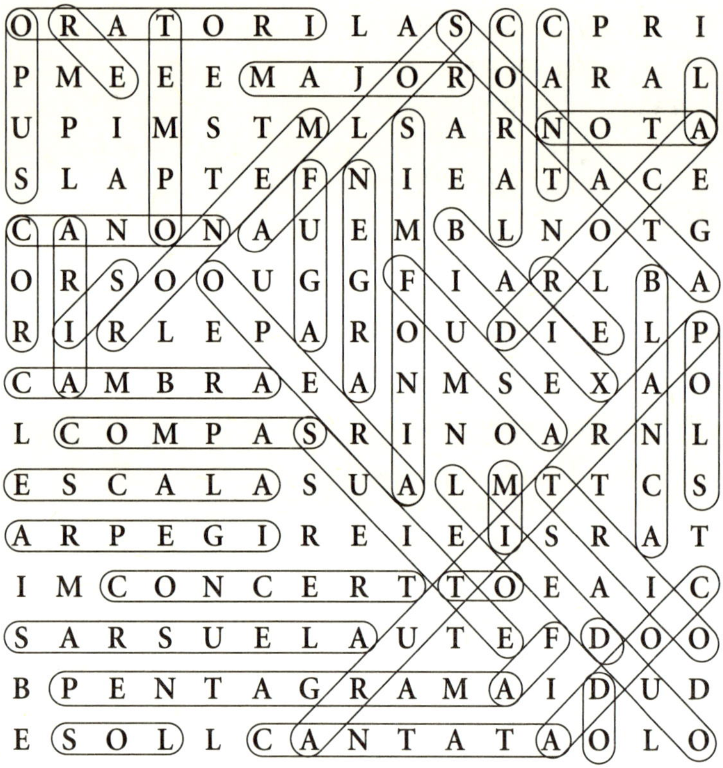

—Ara hem de llegir el que diuen les lletres que no formen part de cap paraula —es va animar en Robert.

—Marquem-les amb un cercle petit perquè no se'ns n'escapi cap —va voler assegurar-se la Irene tota convençuda..

El nou quadre els quedava així:

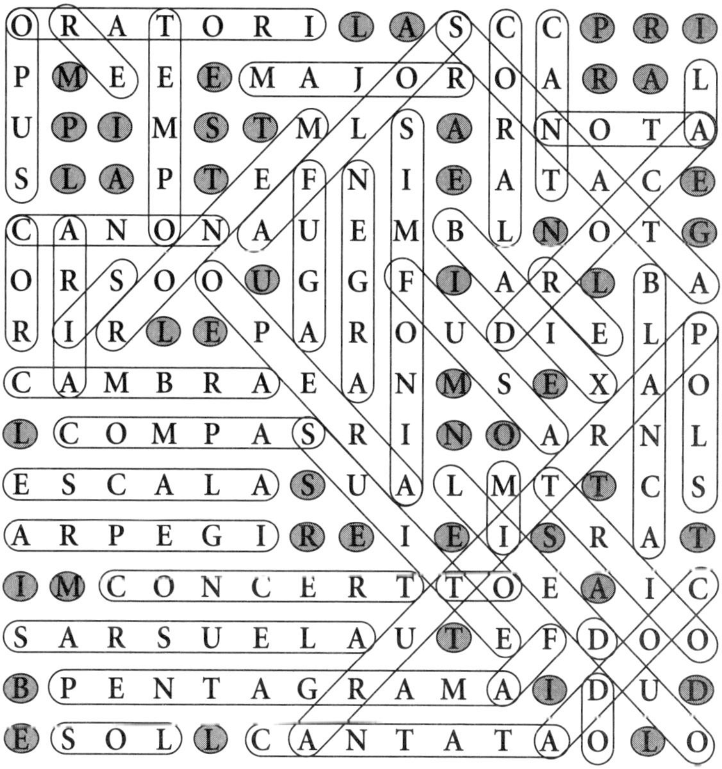

La Irene va llegir a poc a poc el resultat de les seves indagacions:

—LA... PRIME... RA... PISTA... LA... TÉ... EN GUI... LLEM..., EL NOS... TRE... ES... TI... MAT... BI... DELL —i va repetir la frase tota seguida—: La primera pista la té en Guillem, el nostre estimat bidell!

—Perfecte! —va cridar l'Antoni estrenyent els punys.

Era hora de córrer.

Només havien fet el primer pas per intentar salvar el professor de música de la seva trista sort si fallaven en aquella estranya aventura.

Capítol
LES QUATRE I 10
(LUIS EDUARDO AUTE)

En Guillem vivia just davant del col·legi, a l'altra banda del carrer. Per això era el bidell, perquè fins i tot des de casa seva podia vigilar l'escola. Era una cursa de deu minuts. Mentre recorrien el camí, amb les soles de les sabates enganxades al cul, cada un pel seu compte va pensar com era d'extraordinari el cas, perquè si en Guillem tenia un sobre amb pistes per seguir el macabre joc... no significava que també ell hi estava implicat?

Quan es van aturar davant de la porta panteixaven i estaven congestionats, però això no els va frenar ni els va fer perdre un segon. Van trucar al timbre i van esperar. Gairebé immediatament van sentir un rumor sord, com si uns peus s'arrosseguessin per terra. A continuació, un gruny.

—Ja vinc!

En Guillem va aparèixer davant d'ells, en pijama i amb sabatilles. La seva cara no va variar gens ni mica, molt al contrari.

—Ah, sou vosaltres —va dir—. D'acord, un moment. Com hi ha món...

Va allargar una mà per darrere de la porta i quan va tornar a aparèixer hi sostenia un sobre. El va entregar a la Irene, que era la que hi havia al davant.

—Vinga, teniu.

—Escolti, Guillem... —La noia no sabia com preguntar-li allò—. Què... què està passant aquí?

—Aquí? On? —El bidell encara semblava adormit.

—Doncs aquí, aquest sobre...!

—I a mi què m'expliqueu! No en tinc ni idea! —es va enfadar en Guillem—. Jo només sé que vindríeu a buscar això —i va assenyalar el sobre—. Si es tracta d'algun joc, deixeu-me dir que en dissabte...

—Qui li ha donat això? —va preguntar la Irene.

—M'ho ha entregat un missatger fa cinc minuts i m'ha dit que vindríeu a buscar-lo! És tot el que us puc dir! El tipus no sabia res, només que em portava un sobre que era per a vosaltres! Com hi ha món...! —La seva mirada va esdevenir furibunda—. En quin embolic us heu ficat?

—És que el professor Gust...! —va començar a dir l'Antoni.

En Robert li va enfonsar el colze a l'estómac.

—Nosaltres tampoc no sabem de què va, Guillem —va dir la Irene—. Només que havíem de venir a buscar això. Sembla una mena de gimcana o alguna cosa així.

—Doncs una altra vegada que en triïn un altre, d'acord?

En Robert no va perdre temps.

—Obre el sobre, vinga.

Es van apartar una mica de la casa del bidell, per si els observava des d'una finestra. Van arribar a la cantonada del carrer, es van asseure a la vorera i novament la Irene va ser l'encarregada d'obrir el sobre. Davant d'ells, l'escola estava molt silenciosa. Això donava a l'escena una estranya sensació de soledat.

Perquè estaven sols enmig d'aquella inesperada tempesta.

El sobre contenia un altre full.

PER A LA PRIMERA LLETRA

Ordeneu aquests músics per dates de naixement. Només n'hi ha dos que hagin nascut el mateix any. Fixeu-vos en els noms d'aquests dos músics, perquè la lletra que busqueu serà la consonant més repetida en tots dos.

Antonio Vivaldi
Bob Dylan
Enric Granados
Franz Schubert
George Gershwin
Giacomo Puccini
Giuseppe Verdi
Ígor Stravinski
Isaac Albéniz
Joaquim Rodrigo
Johann Pachelbel
Johann Sebastian Bach

John Lennon
Joseph Haydn
Ludwig van Beethoven
Manuel de Falla
Miles Davis
Piotr Ílitx Txaikovski
Richard Wagner
Robert Schumann
Wolfgang Amadeus Mozart

PISTA PER AL SOBRE SEGÜENT

Aquí teniu les imatges de les set figures, els set silencis i les cinc alteracions.

Oi que són maques?

Figures

Silencis

Alteracions

Doncs bé, el nom del carrer el trobareu amb la cinquena de figures, la quarta de silencis i la vuitena d'alteracions... si us hi fixeu bé. I el número, sabent els centímetres que mesurava un LP (sí, un elapé, això de vinil que existia abans dels CD).

Ànim, feres, ha, ha, ha!

—Ai, Déu meu! —va exclamar en Robert.

—Em podeu dir com trobarem la data de naixement de tots aquests músics un dissabte al matí? —va gemegar l'Antoni.

—Doncs la pista... tela marinera —va dir la Irene.

Durant uns segons es van sentir molt abatuts.

—Qui és qui viu més a prop de l'escola? —va reaccionar l'Antoni.

—La Lluïsa.

—Ella té ordinador. Cal entrar a Internet.

—I la pista? —va objectar la noia.

—Anem per parts, no?

Van comprendre que l'Antoni tenia raó, així que van deixar de discutir. La Lluïsa certament vivia a menys de dos minuts. Ells van recórrer la distància en un. El pitjor seria que no fos a casa seva, que se n'haguessin anat a passar el cap de setmana a casa d'algun avi.

Van tenir sort. Els va obrir la seva mare.

—Que hi és la Lluïsa? —va preguntar la Irene amb el millor dels seus somriures.

—Sí, a la seva habitació. Voleu...?

Ells ja havien entrat.

La Lluïsa estava en pijama, així que en veure en Robert i l'Antoni el primer que va fer va ser tancar-los la porta i llançar uns quants crits. Van esperar que es vestís mossegant-se les ungles, consumits per l'ansietat. Va ser la Irene la que li va dir que s'apressés, que era qüestió de vida o mort. Quan la noia va tornar a obrir-los la porta, estava vermella.

—Però què passa?

—Necessitem entrar a Internet.

—Per què no aneu a casa vostra? —va continuar dient empipada.

—Sisplau... Després t'ho explicarem. Ets la que viu més a prop.

—Més a prop de què?

—D'on érem! Ens ajudaràs o no?

La Lluïsa Pons era una setciències, però no era mala noia. Va comprendre que passava alguna cosa, i alguna cosa seriosa. Va fer mitja volta, es va asseure a la cadira i va connectar l'ordinador, que era un portàtil molt maco. Quan la pantalla es va il·luminar, va accedir a Internet. Després la Irene va ocupar el seu lloc.

—Vinga, aneu-me dient els noms —i va passar el full a en Robert i l'Antoni.

El cert és que va ser bastant ràpid. Teclejava el nom del músic en el cercador i tan bon punt sortien els centenars de pàgines dedicades a ell aconseguien l'any de naixement. Només Vivaldi incloïa un amenaçador «cap al 1675». Però al capdavall era un any.

Amb prou feines havien passat cinc minuts, que ja tenien totes les dades. En Robert va posar el full damunt la taula amb els noms ordenats i el van estudiar.

1653	Johann Pachelbel
1678	Antonio Vivaldi
1685	Johann Sebastian Bach
1732	Joseph Haydn
1756	Wolfgang Amadeus Mozart
1770	Ludwig van Beethoven
1797	Franz Schubert
1810	Robert Schumann
1813	Giuseppe Verdi
1813	Richard Wagner
1840	Piotr Ílitx Txaikovski
1858	Giacomo Puccini
1860	Isaac Albéniz
1867	Enric Granados
1876	Manuel de Falla
1882	Ígor Stravinski
1898	George Gershwin
1901	Joaquim Rodrigo
1926	Miles Davis
1940	John Lennon
1941	Bob Dylan

—Només es repeteix 1813 amb Verdi i Wagner! —va cantar la Irene.

—I la consonant que més es repeteix és... —L'Antoni va eliminar les que apareixien només una vegada i va comptar les que sortien més vegades—. Hi ha dues G, dues P, dues D...

—Quatre R! —va saltar en Robert—. Una en Verdi, dues en Richard i una més en Wagner!

La R.

Tenien la primera lletra del lloc on estava presoner el professor de música.

—Ara m'explicareu...? —va intentar ficar-hi cullerada la Lluïsa.

—Espereu, espereu, falta la pista —la va aturar la Irene dominant l'entusiasme pel seu primer èxit.

Van observar les set figures, els set silencis i les cinc alteracions.

—La cinquena de figures, la quarta de silencis i la vuitena d'alteracions —va repetir en Robert.

—Això no té sentit —li va fer notar l'Antoni—. La cinquena de figures és aquest símbol —i va assenyalar el cinquè dels set—. La quarta de silencis és aquest. Però en alteracions només n'hi ha cinc, no vuit. Per tant...

—Diu «Si us hi fixeu bé» —va reflexionar la Irene.

—En què hem de fixar-nos? —va preguntar l'Antoni.

—A veure, busquem el nom d'un carrer, no? —va reflexionar en Robert.

—Com es diuen aquests signes? —L'Antoni va arrufar les celles.

—No són els signes! —va dir en Robert—. Només hi ha cinc alteracions, i aquí diu «la vuitena». En femení! És molt més simple que tot això, els símbols són per despistar-nos! Es tracta de lletres, de les lletres de les tres paraules!

La cinquena de figures era una R.

La quarta de silencis era una E.

La vuitena d'alteracions era una I.

—El carrer del Rei! —van cridar alhora.

—I el número…? Quant mesura un d'aquests discos de vinil?

—El meu pare té LP —va dir la Lluïsa.

La van mirar com si acabés de salvar-los la vida.

—Vinga, anem! —i la Irene la va empènyer fora de l'habitació.

Els discos eren a la sala, i n'hi havia molts, sobretot de rock. La Lluïsa va anar a la cuina a buscar una cinta mètrica. Un LP mesurava…

—Trenta centímetres! Carrer del Rei, número 30!

—Doncs ja cal que correm, perquè és a l'altre costat —va advertir en Robert.

—Espera —el va aturar la Irene. I mirant la Lluïsa li va dir—: Ens podries deixar el teu portàtil?

La noia va fer uns ulls com uncs taronges.

—Que ets boja? És nou!

—Pot ser que hi hàgim d'entrar més vegades i és qüestió de vida o mort, sisplau. El meu és de taula. Encara que vagi a casa no puc carregar-lo.

—A mi em passa el mateix —va dir en Robert.

—I a mi —va assentir l'Antoni.

—Però què passa? De què va tot això? —I la Lluïsa va encreuar els braços, farta que no li diguessin res malgrat que eren a casa seva.

Tots tres van intercanviar una altra mirada més.

I la Irene li ho va explicar.

Fins i tot li va ensenyar la foto del professor de música amb les cadenes i penjat sobre el tanc d'aigua. La seva companya de classe va quedar molt impressionada. Al·lucinada.

—No diguis res o serà pitjor. De moment anem bé —va voler tranquil·litzar-la la Irene—. Si vols venir amb nosaltres…

—No puc. —La Lluïsa es va mossegar el llavi inferior—. D'aquí a una hora he d'anar a un casament.

—I l'ordinador? Ens el deixes? És probable que hi hagi més proves com la dels músics i el seu any de naixement. Pot ser que sigui qüestió de minuts.

—És que si li passa res, el meu pare em mata… —es va inquietar la noia.

La Irene, en Robert i l'Antoni van esperar la seva decisió.

La Lluïsa va tornar a mirar la foto del professor Gustau. Estava pàl·lida.

—D'acord —es va rendir.

Això va ser tot.

Al cap d'un minut, després de baixar les escales com una bandada d'elefants desbocats, corrien en direcció al nou punt de destí, el carrer del Rei, número 30.

Capítol 11 i sis

(Fito Páez)

Va ser una llarga cursa gairebé fins a l'altre extrem de la ciutat, perquè no hi havia cap línia d'autobusos que els deixés a prop sense fer transbord i, a més, cap d'ells no portava prou diners com per agafar un taxi. Evidentment, per petita que fos la distància, era molt gran per recórrer-la a peu.

Van arribar destrossats al carrer del Rei.

El número 30 era una gelateria.

—I... ara... què? —va exhalar en Robert.

—Hi en... trem? —va aconseguir dir l'Antoni.

Ho van fer. Van anar al taulell i es van trobar amb una dependenta que era tot dents. Les tenia en diagonal, sortints. No podia tancar la boca. Els va mirar amb uns ulls pintats de negre esperant que fessin la seva comanda.

—Hola —va aconseguir dir la Irene.

—Hola —els va saludar la noia sense gaire ànim.

—Som nosaltres —va aventurar la Irene.

La dependenta els va fusellar amb una mirada encara més críptica.

—Ah —va dir.

—Tens... un sobre?

—Sobres a la papereria. Jo venc gelats —es va fer la graciosa.

—Vull dir que...

—Demanareu alguna cosa o què? Hi ha cua.

Darrere d'ells només hi havia un senyor calb amb aspecte despistat. Ell sí que semblava saber què volia, perquè malgrat l'hora es fregava les mans ben de gust.

—Anem-nos-en —va aconsellar en Robert—. Aquesta baixa de l'hort.

—Escolta, maco! De l'hort hi baixes tu, babau, gamarús, tros d'ase!

No es van quedar a escoltar la gamma d'insults fins, i van sortir. No van haver de fer-se noves preguntes, ni sospitar si havien interpretat bé la pista del sobre anterior amb l'adreça del carrer del Rei, perquè a la vorera van topar amb algú vestit de vermell que portava una cartera penjada en bandolera.

El missatger.

—Vaja, hola —els va saludar tan jovial com la primera vegada.

—D'on surts? —es va alarmar en Robert.

—Jo? —La pregunta li va semblar d'allò més peregrina—. Doncs de la missatgeria, d'on vols que surti. Estic treballant. En dissabte, ja ho veieu! Avui hi ha molta feina —i va mirar el rellotge i es va mostrar satisfet—. A més, faig la feina al peu de la lletra. Ni un minut més.

—Havies d'arribar a aquesta hora? —es va estranyar l'Antoni.

—Sí. —Ja tenia un sobre en una mà i la làmina per a la signatura corresponent en l'altra—. Sóc molt puntual.

—Doncs nosaltres hem arribat abans —li va fer notar la Irene.

—Millor, oi?

—Escolta —en Robert se li va acostar amenaçador—, tu estàs conxorxat amb el segrestador, oi?

—Segrestador? —Les celles li van pujar gairebé fins a l'arrel dels cabells—. De què dimonis estàs parlant?

—No saps qui ha encarregat entregar aquests sobres?

—No. Com vols que ho sàpiga? Algú va a una oficina, els deixa, me'ls donen i jo... zas!, els reparteixo a la seva hora.

—No perdem temps —va dir la Irene—. Dóna'ns el sobre, vinga.

—Una firmeta... —i va allargar l'última lletra fins a convertir-la en un sospir.

La noia va tornar a firmar en un requadre.

El sobre va passar a la seva mà.

—Bé, doncs ja està. Mira que si tornem a veure'ns...!

Tenien la sensació que seria així.

Això i un estrany regust estomacal.

El missatger va pujar a la moto, es va col·locar bé la cartera a l'esquena, es va posar el casc i va arrencar fent gala de motard incipient. Van perdre uns preciosos segons veient-lo marxar abans que la Irene reaccionés i es disposés a obrir el sobre.

El senyor calb va sortir de la gelateria endrapant un enorme gelat de xocolata.

Un altre full escrit i amb una partitura dibuixada.

PER A LA SEGONA LLETRA

Aquesta és l'entrada d'una famosa cançó. Heu sentit a parlar d'aquesta cançó i del seu autor mil vegades a en Gustau Vallbona. Taral·laregeu-la, i quan descobriu quina és, la primera lletra del títol és la segona per formar el nom del lloc on està presoner a l'espera que el salveu.

I com que aquesta prova és molt senzilla (perquè vegeu la meva bona voluntat), l'arrodoniré amb un altre joc d'allò més fàcil, relacionat amb un altre dels mites de l'estimat Vallbona.

PISTA PER AL SOBRE SEGÜENT

Ígor Stravinski va estrenar la seva famosa composició *La consagració de la primavera* en una ciutat europea. Quina? I quin dia, mes i any?

La ciutat és el nom del carrer, i la suma de tots els números de la data d'estrena, el número on podreu buscar el sobre. Ah, el lloc exacte està amagat en el mateix títol de l'obra.

Vinga, què espereu? Aneu bé de temps, però... Ja ho sabeu, un error i... adéu Gustau Vallbona!

Van mirar la partitura.

La Irene va cantar les dues primeres notes.

En Robert, les dues segones.

L'Antoni, la resta.

I van exclamar alhora:

—*Imagine*, de John Lennon!

Tenien una segona lletra, la I amb la qual s'iniciava el títol de la famosa cançó de l'exBeatle.

—En Triple T coneix bé els gustos del professor de música —va dir la Irene—. En aquestes dues proves posa junts els seus dos compositors favorits, Lennon i Stravinski.

—El que no entenc és que... —En Robert es va rascar el cap—. És tan clar que en Triple T és el responsable, que passi el que passi, mati o no el professor de música, el denunciarem igualment!

—T'oblides que no tenim proves —li va fer veure l'Antoni.

—Sí, és capaç de riure's de nosaltres, aquest tros de... —va sospirar la Irene.

—Bé, vinga, això ja ho veurem després —els va apressar en Robert—. Tenim dues lletres, la R i la I. Ara vegem on és el nou sobre.

L'Antoni portava l'ordinador de la Lluïsa. Es va asseure a la vorera i el va engegar. Van haver de moure's una mica, fins a prop d'un bar, per trobar una zona Wi-Fi a través de la qual poguessin connectar-se a Internet. Una vegada formalitzat el procés, va teclejar les dues paraules màgiques: el nom del compositor rus autor de l'obra que, segons en Gustau Vallbona, li havia fet estimar la música quan era petit.

Van entrar en la primera pàgina de la llista.

—Ígor Stravinski —va llegir l'Antoni—. Va néixer a prop de Sant Petersburg el 1882 i etcètera... i etcètera... i etcètera... —Els seus ulls van passar ràpids per sobre de la biografia del compositor fins a trobar el que buscava—. Aquí —i ho va assenyalar a la Irene i en Robert—. El 29 de maig de 1913 va estrenar a París la que molts consideren

tant l'última gran obra del segle XIX com la primera del segle XX, *La consagració de la primavera*...

—O sigui que el carrer és el carrer de París —va dir en Robert.

—I el número... —va fer el càlcul ràpid—: 2 i 9 són 11, més 5 del mes de maig són 16, més l'1, el 9, un altre 1 i el 3 de l'any... Total... 30!

—Carrer de París, número 30!

L'Antoni va desconnectar l'ordinador i es va alçar.

—Però per què deu dir que el lloc exacte està amagat en el mateix títol de l'obra? —va dir pensativa la Irene.

No en tenien ni idea.

Tocava córrer un altre cop.

El maleït orquestrador de tot aquell diabòlic pla els estava fent anar d'un costat a l'altre de la ciutat.

Capítol
10 YEARS GONE + 2 HEARTS
(Jimmy Page & Robert Plant, Led Zeppelin + Phil Collins)

De camí al carrer de París, es van aturar un moment per veure si l'oncle d'en Robert era a casa i podia deixar-los uns quants euros, perquè intuïen que cada prova seria un anar i venir amunt i avall de la ciutat. Malauradament, l'oncle Joan havia sortit, així que van reprendre les seves curses a la desesperada. El rellotge semblava que ja corria més que ells.

En arribar al carrer de París, número 30 van comprendre de què anava allò d'«el lloc exacte està amagat en el mateix títol de l'obra».

Es tractava d'una galeria comercial.

Allà hi hauria, almenys, cinquanta botigues.

—Jo el mato... —va gemegar l'Antoni.

—Com trobarem el lloc on és o on ens donaran el sobre següent? —anava xiuxiuejant en Robert.

Van caminar per entre les botigues buscant alguna cosa, una pista, un indici.

—No hi deu haver cap llista de comerços? —es va preguntar la Irene.

Almenys, malgrat l'hora que era, no hi havia gaire gent. Més que res curiosos d'aquests que es passen el dia als centres comercials mirant aparadors. Podien moure's ràpid, sense topar amb la gent, com passaria aquella mateixa tarda, i encara més amb els multicinemes absorbint personal.

De sobte, la noia es va aturar, i l'Antoni va fer el mateix.

En Robert ja ho havia fet uns segons abans.

Mirava bocabadat una botiga de productes dietètics. Una botiga sana, saníssima.

La primavera.

—No pot ser —va al·lucinar l'Antoni.

En Robert ja portava la iniciativa. Va ser el primer a entrar. Van haver d'esperar que un dependent amb la cara plena d'acne acabés de despatxar una senyora que insistia a comprar unes herbes. Segons li havien dit, anaven molt bé per desembussar els ronyons, que els tenia molt d'ací d'allà.

Ni el seu nerviosisme ni la seva impaciència no van fer efecte en el dependent i la parroquiana.

—Escolti, li han deixat...?

—Un moment, sisplau. —I el dependent es dirigia a la senyora—: Jo crec que aquestes són les adequades.

—Però m'assegura que m'aniran bé? Miri, és que si no, potser m'embussen el fetge.

Van passar tres minuts.

Al final la clienta se'n va anar sense comprar les herbes.

El dependent es va dirigir a ells amb irritació a causa de la seva frustrada venda i malgrat el seu esforç.

—Què voleu?

—Li han deixat un sobre per a la Irene, en Robert i l'Antoni?

—Un sobre? A mi? Però que us penseu que és això, una sucursal de correus? Per què m'hauria d'haver deixat algú un sobre per a vosaltres?

De sobte es va sentir una veu procedent de la rebotiga.

—Deixa-ho, Simó. És per a mi.

—D'acord, tieta Consagració. Haver-ho dit abans —i es va apartar dignament de davant d'ells.

La tieta Consagració.

La primavera.

—És un retorçat —va mussitar la Irene.

—Però simple —li va fer notar en Robert.

Una dona d'uns seixanta anys va aparèixer davant d'ells. Era bastant enorme, quadrada. Res d'obesa: robusta. A la mà hi portava un sobre exactament igual que els anteriors. Se'ls va quedar observant amb ulls crítics.

—Lloat sia Déu —va exhalar.

No van entendre el motiu del seu sospir.

—L'hi ha portat un missatger? —va preguntar la Irene parant la mà perquè li entregués el sobre.

—Un missatger? No.

—Aleshores qui...?

La pregunta de l'Antoni va morir gairebé iniciada. Els ulls de la senyora Consagració van llançar guspires. Era millor no preguntar res, agafar el sobre i sortir d'allà. Ja tindrien temps més tard de lligar caps, sobretot quan ho expliquessin tot a la policia una vegada alliberat el professor de música.

Si és que arribaven a temps.

Anant d'un costat a l'altre...

—Gràcies, senyora —i la Irene va agafar el sobre.

El van obrir a uns quants passos de la botiga. El full tornava a ser ple, primer, de noms i, a continuació, incloïa una altra melodia, o el que fos, perquè només tenia tres notes penjades d'un pentagrama.

La Irene es va atropellar, així que va passar la carta a l'Antoni.

—Llegeix-la tu —li va demanar.

I el noi ho va fer:

PER A LA TERCERA LLETRA

Aquí teniu un equip d'11 figures. Del futbol? No. De la dansa i el ball. Bé, 11... menys una. Si la localitzeu, trobareu la tercera lletra. És la segona del seu nom. Ja sé que a aquestes altures tindreu un ordinador portàtil o buscareu les dades a Internet i que així tot és més fàcil. O sigui que seria un insult per al vostre pobre intel·lecte que no ho aconseguíssiu.

Jo fins i tot diria que aneu una mica endarrerits... i no és per posar-vos nerviosos.

Aquest és l'equip de fabulosos ballarins a excepció de l'intrús que hi he colat!

Joaquín Cortés Rudolf Nureiev Fred Astaire
Gene Kelly Anna Pavlova Vaslav Nijinski
Isadora Duncan Maurice Béjart
Maia Plissetskaia Janis Joplin
Mikhaïl Baritxnikov

PISTA PER AL SOBRE SEGÜENT

Canviant la E per una A, si llegiu d'una tirada aquestes tres notes, tindreu el nom del carrer on trobareu el nou sobre.

I el número l'aconseguireu si resoleu encertadament aquesta petita pregunta de manual:

Quantes 𝅘𝅥𝅯 entren en un compàs de $\frac{2}{4}$?

Un consell: no us punxeu.
Ha, ha, ha!

—Em fa una ràbia quan riu al final dels missatges! —va protestar en Robert.

—Un sàdic que sap música —va apuntar la Irene—. No m'imaginava que en Triple T fos tan culte. És un fastigós.

Es van asseure a la taula d'un bar bastant desèrtic i van obrir l'ordinador per comprovar si tenien accés a Internet. Mentre l'Antoni ho feia, la Irene i en Robert van examinar el full.

—Això del carrer d'aquí baix és fàcil —va dir la noia.

—Sí, fins i tot jo ho sé.

L'Antoni va fer una ullada al full.

—Mi... re... sol —va llegir.

—O sigui que si canviem la E per una A, tenim... Mirasol —va afirmar la Irene.

—I on és això? —En Robert va fer cara de mal de panxa.

—Ja ho preguntarem —va mantenir la calma la Irene—. Tens connexió?

—No ho sé, espera...

Van comptar els segons. Per fi van entrar a la xarxa i van sospirar alleujats.

—Som-hi! —va dir l'Antoni—. Llegiu-me els noms d'aquests peces; és millor que me'ls lletregeu, perquè mira que aquests russos...

—El primer no cal. Joaquín Cortés és espanyol i balla. —La Irene va ser rotunda.

—El segon és... Rudolf Nureiev —va llegir en Robert.

Va començar la cerca. Es tractava d'un dels més grans i il·lustres ballarins de la història. Uns es dedicaven al ballet clàssic, com Nureiev, la Pavlova o Nijinski; uns altres eren famosos per les pel·lícules, com Astaire o Kelly. Isadora Duncan s'havia fet cèlebre per trencar les normes, per crear una nova dimensió en la dansa i, a més, per ballar descalça.

—No, si encara el deu haver posat l'últim, de segur —va rondinar l'Antoni—. Tot per tal de fer-nos perdre el temps.

—Prova amb aquest: Mikhaïl Baritxnikov. M, i, k…

Una cambrera alta i prima, amb una gorreta ridícula, com si el seu cap s'hagués fet gros de cop o el barretet s'hagués encongit de cop i volta, es va materialitzar al seu costat. Portava un uniforme que no l'afavoria gens, de ratlles verticals. Això augmentava més la sensació que feia gairebé dos metres, encara que no fos així.

—Què voleu prendre? —els va preguntar amb veu aguda.

—Res, res —va intentar treure-se-la de sobre en Robert.

—Doncs no podeu seure aquí. —Li ho va dir de manera plana, com si deixés anar una lletania avorrida—. Això és per a clients, no per descansar.

—No estem descansant —li va fer veure l'Antoni.

—Marxem de seguida —li va dir la Irene.

—Heu de prendre alguna cosa —va insistir l'escuradents humà—. Encara que sigui per a tots tres.

—Escolta, que ja marxem.

—És que si no m'esbroncaran. —Va mantenir el mateix to atiplat—. Si ve gent i no pot seure i no preneu res…

—Però si no hi ha ningú —es va desesperar en Robert.

—Vaig a avisar l'encarregada —i va fer mitja volta sense alterar ni un múscul de la cara.

Van haver d'aixecar-se i marxar. No estaven per a baralles, discussions, problemes ni per perdre el temps. De totes maneres, es van asseure a prop del bar, a terra, per no perdre el senyal d'Internet.

—On érem? —va tractar de recuperar el fil l'Antoni.

—En l'últim. En Mikhaïl aquest.

—D'acord, lletreja-me'l.

Va escriure totes les lletres en el cercador i va prémer l'*Enter*.

Va resultar que no, que era un altre ballarí.

—Janis Joplin —va continuar la Irene anant cap enrere per buscar en els quatre últims noms trencant així l'ordre que havien seguit.

La xarxa els va portar a una infinitat més de pàgines.

Van obrir la primera.

—És cantant! —va saltar l'Antoni—. Blues blanc, morta en ple èxit...! És ella!

—Aleshores la lletra que busquem és...

La A! La segona lletra del seu nom: Janis!

En tenien una altra.

I quant a l'adreça del nou sobre...

—Tenim el carrer del Mira-sol —va dir la Irene.

—La pregunta és: Quantes semicorxeres entren en un compàs 2/4? —va repetir en Robert.

Tots tres van fer càlculs mentals.

I tots tres van trobar la solució al mateix temps:

—Vuit!

L'Antoni va apagar l'ordinador, i es van posar drets.

Mentre sortien del centre comercial com si haguessin robat alguna cosa, en Robert va cridar:

—Què diables significarà això que ha posat al final, això de «no us punxeu»?

No hi havia resposta, així que van continuar corrent en cerca d'un taxista o d'un guàrdia que els digués on era el carrer del Mira-sol.

Capítol 13 DIES

(Manu Chao)

Un taxista els va dir que, si volien saber on era el carrer, els portaria, si no...

Van passar d'ell.

El guàrdia va ser molt més amable.

—El carrer del Mira-sol? Sí, no és lluny d'aquí. No és gaire conegut perquè és petitó, amb prou feines té cinquanta metres, i amb cases molt velles, perquè és al barri antic. Fa anys recordo que...

—Tenim pressa —va intentar apressar-lo la Irene embolcallada en un dolç somriure, perquè l'home no s'enfadés.

—Oh, perdó. És que quan començo a evocar... —Va adoptar una actitud marcial, va allargar el braç dret, va desplegar la mà i els va deixar anar gairebé sense respirar—: Tireu tot recte, però recte recte, fins a la plaça i, després, tombeu a l'esquerra. Dos carrers més... No, tres, que ara ja han obert el de la Concòrdia. Això, tres carrers més i a la dreta. A uns cent metres el carrer es bifurca. Doncs bé, vosaltres, a l'esquerra. Després arribareu a una altra plaça, més aviat una placeta, la del Saler, la coneixeu? On es fan les manifestacions i tot això... No? Bé, és igual, en surten quatre carrers. Doncs el del Mira-sol és el primer a la vostra dreta. No hi ha pèrdua. Us ho repeteixo?

Li van dir que no, que ho tenien clar. Claríssim. Preferien començar a caminar i tornar a preguntar. De moment tenien bastant segures les indicacions fins a la primera meitat del recorregut, la plaça de la Concòrdia.

Una altra cursa.

Ja no sabien quantes en portaven.

Però no estava malament. No havien fallat. Tenien tres lletres.

Encara que ignoraven quantes els en faltaven i sempre calia esperar una trampa per part del maleït i sàdic segrestador.

No els ho posaria fàcil.

Ni pensaven que jugués net.

Van arribar a la plaça, a la bifurcació, i van arribar a la placeta final sense haver de tornar a aturar-se. Es van sentir molt feliços quan en girar l'última cantonada van veure la placa amb el nom del carrer del Mira-sol.

L'ànim se'ls va refredar en adonar-se que el número 8... corresponia a un solar.

Un solar buit, ple de plantes salvatges, amb una tanca destrossada feia anys, lustres, dècades.

—Maleït sigui... —va serrar els punys l'Antoni.

—I a sobre no es veu ningú —va dir en Robert mirant amunt i avall del carrer.

—I si apareix el missatger? —va vacil·lar la Irene.

Van esperar uns quants segons.

—Aquí hi ha alguna cosa que se'ns escapa —va reflexionar la noia.

—Això que posava al final. —En Robert va treure el full amb les últimes indicacions que s'havia desat a la butxaca—. «No us punxeu.»

—Punxar-nos com? —va arrugar la cara l'Antoni.

La Irene mirava el solar.

Les plantes salvatges, enfiladisses, arbustos...

Esbarzers...

—Esbarzers! —els va fer veure.

Van entrar al solar. No era gaire gran, però tampoc no era petit. I a sobre la vegetació no facilitava el seu desplegament ni la cerca de l'hipotètic sobre.

Va ser l'Antoni el que el va trobar, gairebé al final.

—Aquí!

Van anar cap a ell. El sobre estava molt ben amagat enmig d'un esbarzer espessíssim. Impossible ficar-hi la mà sense punxar-se. Estaven a punt de fer a la sort a qui tocava agafar-lo quan en Robert va tenir una idea.

—Espereu —els va dir.

Es va apartar del seu costat, va buscar per terra i es va ajupir dues vegades per recollir unes branques seques. Va tornar i les va introduir en l'espessor de l'esbarzer. Li va costar nou intents treure el maleït sobre, que quan no se li escapava dels pals li quedava atrapat entre dues punxes. Per fi va aconseguir el seu objectiu i l'Antoni va poder agafar la missiva de l'artífex de tot allò.

Ell mateix va llegir el nou full:

PER A LA QUARTA LLETRA

Fins ara crec que la cosa ha estat bastant fàcil. Massa. Apujarem una mica el nivell. A continuació, us faré unes quantes preguntes. La primera us donarà un número. Molt bé. Conserveu-lo. Les sis següents us donaran uns altres números que haureu de sumar i restar del primer. El número resultant correspon a una lletra de l'alfabet, considerant que la A és la 1, la B és la 2 i així successivament. Amb aquesta quarta lletra arribareu a la meitat del vostre periple. (Que bé, oi?)

Doncs aquí teniu les preguntes.

Pregunta grossa:

– A quantes 𝅘𝅥𝅲 equival una 𝅝?

Sis preguntes que, sumades, restareu del número de la grossa:

1. Quantes 𝅘𝅥 entren en dos compassos de $\frac{2}{4}$?
2. Quantes 𝅘𝅥𝅯 es poden posar en un compàs de $\frac{2}{4}$?
3. Quantes 𝅗𝅥 entren en un compàs de $\frac{4}{4}$?
4. Quants temps val la 𝅝 amb ·?
5. Quantes 𝅘𝅥𝅮 es poden posar en un compàs de $\frac{3}{4}$?
6. Quantes 𝅘𝅥𝅰 hi ha en una 𝅝?

PISTA PER AL SOBRE SEGÜENT

Aneu al safareig de la senyora Cuca. El sobre és a sota d'un *washboard*, un instrument musical que es feia servir en l'*skiffle*.

Cadascun es va aturar en una part del missatge.

—I a sobre diu «Que bé, oi?»! —es va exaltar en Robert.

—Un instrument musical anomenat *washboard*... que és en un safareig... i que es feia servir en... què? —La Irene va quedar de pedra.

—Només som a la meitat del joc! —i l'Antoni va mirar l'hora.

Cadascun va traspassar la seva amargor a l'altre.

Era un d'aquests moments en els quals el món sencer els queia a sobre.

—Vinga, no ens rendirem ara —va intentar animar-los la Irene.

—Tu tens idea de tot això? —li va fer veure l'Antoni.

—Una mica sí, home. I entre tots... Això ho vam estudiar a classe el primer dia, ho recordes? Semblava un embolic, però en el fons... Abans ja hem hagut de respondre una pregunta semblant.

—Asseguem-nos allà —va proposar en Robert.

Van anar cap a unes pedres i van formar un triangle. La Irene ja tenia el llapis a la mà. Era qüestió de no fallar, perquè un nombre de més o menys els portaria a una lletra equivocada.

—Preparats? —va portar la veu cantant.

En Robert i l'Antoni van assentir amb el cap.

Encara que la seva cara no reflectia gaires ànims.

—La primera pregunta, la grossa, diu «A quantes semifuses equival una rodona?». Que jo recordi, hi ha set notes —va començar pel principi—. Les figures són els símbols que indiquen la durada d'una nota. I per ordre, de més a menys durada, són la rodona, la blanca, la negra, la corxera, la semicorxera, la fusa i la semifusa. Vaig bé?

—Sí —li va prendre el relleu l'Antoni—. Cada figura equival a dues de la següent, o sigui que una rodona són dues blanques, una blanca dues negres, una negra dues corxeres...

—Però si comencem per la rodona i avancem, una rodona equival a dues blanques, a quatre negres, a vuit corxeres... —va completar en Robert.

—D'acord, ja ho tenim. —A la Irene se li va il·luminar la cara mentre recolzava el llapis en el full—. Una rodona són dues blanques, quatre negres, vuit corxeres, setze semicorxeres, trenta-dues fuses i... seixanta-quatre semifuses!

—Aquest és el nombre gros —va aclarir l'Antoni.

—Ara les sis preguntes següents —i la Irene va començar a llegir la primera—: «Quantes negres entren en dos compassos de 2/4?».

En Robert i l'Antoni es van esprémer el cervell.

—Quatre? —va aventurar el primer.

—Sí, quatre! —va dir el segon.

—Jo també hi estic d'acord —va dir la Irene.

I va anotar el número.

—La pregunta següent és «Quantes semicorxeres es poden posar en un compàs de 2/4?».

Van tornar les cavil·lacions.

—Sis...? No, no... Vuit? —es va mossegar el llavi inferior l'Antoni.

—Vuit —va confirmar la Irene.

—N'esteu segurs? —En Robert no semblava gaire convençut.

—Tu estàs segur del contrari? —va dir la Irene.

—No.

—Aleshores dos a un. Quedem en vuit. La tercera pregunta diu «Quantes blanques entren en un compàs de 4/4?».

—Dues! —va saltar en Robert—. Vaig respondre aquesta pregunta l'altre dia.

No li ho van discutir.

—La quarta és «Quants temps val la rodona amb puntet?».

Van semblar atrapats. Els segons van començar a embolcallar-los amb el seu mantell de fracàs.

—Tens connexió? —va voler saber en Robert.

L'Antoni ho va comprovar.

—No.

—Vinga, nois. No pot ser tan difícil —els va instar la Irene.

Ella mateixa va dibuixar un pentagrama i...

—Sis —va dir de sobte.

—La següent és semblant —va continuar la Irene sense discutir la resposta que ella mateixa havia donat al tema anterior—. «Quantes corxeres es poden posar en un compàs de 3/4?».

També ho va treballar sobre el paper. La resposta va ser idèntica a l'anterior.

Sis.

Quedava una última pregunta, encara que no les tenien totes amb les dues últimes.

—Això és fàcil —va sospirar la noia—. És la mateixa història: «Quantes fuses hi ha en una rodona?».

Van fer els càlculs amb les mans.

—Trenta-dues!

—Doncs ja està —i la Irene va deixar anar tota la tensió—. En tenim seixanta-quatre, d'una banda, i cal restar-hi... quatre, vuit, dues, sis, sis i trenta-dues. Total... cinquanta-vuit.

—Seixanta-quatre menys cinquanta-vuit són sis —va dir en Robert.

—La sisena lletra de l'alfabet és... —L'Antoni va fer el càlcul de memòria però fent servir també els dits—. La F!

Quatre lletres.

Meitat del joc.

El «joc».

—I ara anem a buscar aquest «instrument» anomenat *washboard* que diu que és al safareig de la senyora Cuca —i la Irene es va posar en marxa sense descans.

Capítol 14 YEARS

(*Izzy Stradlin-Axl Rose, Guns N'Roses*)

El safareig de la senyora Cuca era una mena de reducte del segle passat. Més encara, del segle XIX. Es tractava d'un lloc molt vell, de parets gruixudes tenyides d'humitat, amb una enorme pica per rentar la roba que tenia uns deu metres de llarg. L'aigua corria per una mena de sèquia.

Antigament, les dones de l'aleshores poble anaven allà per rentar la roba. Després la penjaven en uns immensos estenedors situats en un pati adjacent i parlaven a crits quan rentaven i quan esperaven que la roba s'assequés al sol.

Amb els anys i la modernitat, ja ningú no rentava la roba allà, però el lloc s'havia conservat tal qual, com a record i com a testimoni del passat. Se'l considerava una de les «rareses» de la vila, i encara que no arribava a ser un reclam turístic, sí que era d'«interès cultural».

Era de les poques coses que s'havia salvat en els anys de depredació urbanística, quan les cases més antigues o directament velles van ser enderrocades per construir en el seu lloc edificis més alts, més moderns i, la majoria, més lletjos i impersonals.

El safareig de la senyora Cuca era un vestigi.

La senyora Cuca, la mestressa original, feia també molts anys que estava enterrada, gairebé cent, i es deia que era una dona estupenda, rodanxona i feliç, tot el contrari que la propietària actual, la senyora Engràcia, que de «gràcia» no en tenia gens. Era una dona petita, malcarada, amb un mal geni considerable. Si els que visitaven el safareig eren adults, o turistes, els deixava fer, malgrat que calia demanar-li permís primer. No obstant això, quan veia un nen pels voltants de la «joia familiar», treia el geni i l'escombra.

Si li demanaven permís per entrar a veure on era aquell instrument amb un nom tan peregrí, de ben segur que no els el donaria, així que l'única cosa que els quedava era encomanar-se a la sort i fer-ho perquè sí.

Van treure el cap al pati.

La casa de la senyora Engràcia quedava a la dreta. El safareig, a l'esquerra. Havien d'avançar pel pati encreuant els dits perquè ella no els veiés des d'alguna de les finestres.

—I si li diem que és una qüestió de vida o mort? —va proposar la Irene.

—No ens creurà —va sentenciar en Robert.

—Vinga, anem. Penseu en el professor de música —els va animar l'Antoni.

Cada vegada que l'imaginaven encadenat...

Es van decidir. Van avançar tots tres encongits, gairebé ajupits, com terroristes disposats a cometre un atemptat. Fins que es van adonar que resultava més sospitós fer-ho així que caminant i es van incorporar. No van minvar la rapidesa dels passos ni la vigilància extrema en direcció a les finestres de la casa, per si apareixia la bruixa amb la seva escombra.

Tot semblava tranquil.

—Com deu haver posat aquí aquesta cosa? —es va estranyar la Irene.

Van arribar al safareig i hi van entrar precipitadament. Van fer una última ullada al pati per estar segurs que tot mantenia la seva calma natural.

—Ràpid, busquem això —va dir l'Antoni.

La llum no era gaire bona, però sí suficient. El lloc feia olor d'humitat i era realment fresc. Ja no quedaven estris de rentar a les parets, penjats dels ferros o als prestatges de pedra. Cap, llevat d'unes posts de fusta amb llistes horitzontals en les quals, antigament, sembla que les dones fregaven la roba.

En van tenir prou amb uns quants segons per adonarse que allà no hi havia res capaç de produir el més petit so musical.

—Se'ns ha rifat? —va dubtar en Robert.

—Hi ha de ser. De moment tot ha sortit bé, cada pista ens ha portat a la següent. I aquesta era molt clara. Som al safareig de la senyora Cuca.

—La clau està en el nom aquest —va assenyalar la Irene—. Això de... l'*skiffle*.

—Doncs aquí dubto que funcioni l'ordinador de la Lluïsa —va lamentar l'Antoni—. Hauríem hagut de mirarho abans.

En Robert va treure el seu mòbil.

Va buscar un número en la memòria i el va marcar.

Després va tancar els ulls i va encreuar els dits.

Fins que la línia va ser interrompuda.

—Xavi? Sóc jo, en Robert. Escolta, tens l'*ordinata* obert? Sí? Doncs busca'm una paraula, vinga, que el meu s'ha penjat i és urgent... Sí, home, ara, vinga! —Va fer cara de desesperació però va tornar a canviar-la en un parell de segons—. *Skiffle.* Te la lletrejo: essa, ca, i, efa, una altra efa... Sí, de França, ela de Lleida i e. *Skiffle.* —Va tornar a enfadar-se i va afegir—: I jo què sé què és això! Per això et truco, no?

Aquesta vegada l'espera va ser més llarga. Gairebé de mig minut. La Irene treia el cap de tant en tant per la porta perquè la senyora Engràcia no els sorprengués. L'Antoni mantenia l'ordinador de la Lluïsa fortament agafat, perquè no l'hi caigués. En Robert va recuperar el fil de la seva conversa amb en Xavi.

—Gènere musical? L'*skiffle* és un gènere musical? —Va mirar els altres incrèdul—. Popular a Anglaterra a finals dels anys cinquanta i a començaments dels seixanta? El primer grup de John Lennon, els Quarrymen, feia *skiffle*?

—L'instrument —li va recordar l'Antoni—. Això del *washboard* és un instrument típic de l'*skiffle.*

—Xavi, escolta —el va aturar en Robert—. Surt per algun lloc un instrument anomenat *washboard*? —La pausa va ser petita però densa—. Sí? Com...? —Ara va quedar blanc—. Què? N'estàs segur? D'acord, d'acord! Escolta...

Va separar el mòbil de l'orella.

—Què t'ha dit? —es van alarmar la Irene i l'Antoni.

En Robert va assenyalar una de les posts per rentar la roba.

—Això...? —La Irene gairebé no s'ho podia creure.

—Serem brètols! —va proclamar l'Antoni—. És clar! Ho diu la mateixa paraula: *washboard*... Post de rentar! La devien fer servir com una mena de maraca estàtica, una percussió de rac-rac o alguna cosa semblant.

La Irene ja mirava darrere de totes les posts.

El sobre estava amagat en la setena.

—Que tortuós! —va grunyir en Robert.

—I així va passant el temps, minut a minut —va sospirar l'Antoni.

—Hem de sortir d'aquí —els va advertir la Irene—. És millor que l'obrim en un altre lloc.

Hi van estar d'acord.

Havien de tornar a creuar el pati.

Ho van fer com a l'anada, drets, caminant ràpid però sense arribar a córrer, amb els ulls fixos a la casa de la senyora Engràcia.

Semblava que ho aconseguirien.

Semblava.

Ella va aparèixer per la porta, amb l'escombra al rest, com si fos una energúmena.

—Ei —els va cridar—. Es pot saber què hi feu, aquí, poca-soltes?

Tenint en compte la seva expressió, la seva fama i que estava «armada», no era qüestió de posar-se a explicar-li-ho.

—Anem, anem, anem!

Van començar a córrer sense girar el cap enrere i no es van aturar fins passats dos o tres minuts, quan van estar segurs que ella ja no els seguia.

—Ens estem fent un fart de córrer! —va moure el cap d'un costat a l'altre l'Antoni.

—Així perds pes —li va endossar en Robert.

—Tu perdràs el poc cervell de mosquit que et queda —es va defensar el noi.

—No discutiu ara. Vegem què diu el nou missatge —els va calmar la Irene.

Ella portava el sobre a la mà. El va obrir i va llegir el contingut de la carta, amb cada un dels nois a un costat.

PER A LA CINQUENA LLETRA

Aquí teniu deu autors i deu composicions o cançons. Nou autors i nou obres encaixen, però hi ha un autor sense tema i un tema sense autor.

Quan els trobeu, haureu encertat la cinquena lletra, perquè també és la cinquena del cognom de l'autor i la primera de la composició que sobra.

Oi que és fàcil? Tenint en compte com aneu d'endarrerits, que no es digui que us ho poso difícil. Fracassareu perquè sou uns totxos, no perquè us hagi parat trampes aquí i allà.

Joan Manuel Serrat	*Born to Run*
The Beatles	*Aida*
Joaquim Rodrigo	*Like a Rolling Stone*
The Rolling Stones	*Concierto de Aranjuez*
Bruce Springsteen	*Himne a l'alegria*
Bob Dylan	*Sgt. Pepper's Lonely Hearts Club Band*
Manuel de Falla	*El llac dels cignes*
Giacomo Puccini	*Paraules d'amor*
Ludwig van Beethoven	*Nessun dorma*
Piotr Ílitx Txaikovski	*Satisfaction*

PISTA PER AL SOBRE SEGÜENT

Responeu aquestes tres preguntes i sabreu el nom de la persona que té el vostre preuat sobre:

1. Quina nota no està escrita en la nostra llengua?

Ut queant laxis
Resonare fibris
Mira gestorum
Famuli tuorum
Solve polluti
Labii reatum
Sancte Joannes

2. Si a LA menor li traiem les tres últimes, què ens queda?

3. Hi ha una cosa que sempre us dic a classe quan crec que podeu donar més de si i quedeu curts. Ho dic i ho repeteixo per motivar-vos. Si la recordeu i feu servir les seves inicials, tindreu la tercera síl·laba que busqueu. Ja sé que això últim no té res a veure amb la música, però... és per donar-hi color i emoció, oi que sí? Ha, ha, ha!

—Us adoneu que tot són proves per fer-nos perdre el temps? —va dir l'Antoni.

—Sí, aquesta no sembla difícil, però és de les de buscar i rebuscar...

—Doncs busquem —va sospirar la Irene.

Es van asseure a la vorera. L'Antoni va obrir l'ordinador per veure si agafava senyal per connectar-se a Internet. No en tenia, així que o es movien o utilitzaven un altre cop el telèfon. La Irene, amb el llapis a la mà, va estudiar els noms de la llista.

—La dels Beatles és *Sgt. Pepper's Lonely Hearts Club Band* —va assegurar—. Ens la va fer escoltar a classe.

—L'*Himne a l'alegria* és de Beethoven —va indicar en Robert—. També ens la va fer escoltar.

—*Like a Rolling Stone* és dels Rolling Stones? —va dubtar l'Antoni.

—No, la dels Stones és *Satisfaction*. És una altra de les que en Gustau ens ha fet escoltar —va dir la Irene.

—Com sap en Triple T el que ens fa escoltar a classe de música?

No tenien resposta per a la pregunta d'en Robert, així que en van prescindir i es van concentrar en els noms i les obres.

En tenien tres. Els Beatles, Beethoven i els Rolling Stones.

—*Paraules d'amor*, com que és en català, deu ser de Serrat —va assenyalar l'Antoni.

—No ens en va posar una de Dylan i ens va dir que era la millor cançó dels anys seixanta? —va fer memòria en Robert.

—*Like a Rolling Stone* —La Irene la va marcar.

En faltaven cinc.

—L'única que queda en anglès és *Born to Run*, així que aquesta ha de ser de Bruce Springsteen —els va fer notar l'Antoni.

—Per tant, la de Puccini ha de ser *Aida* —va dir la Irene.

—I per què no aquesta de *Nessun dorma*? També sembla italià —va dubtar en Robert.

—Passa el mateix amb aquests dos, Rodrigo i Falla, perquè el *Concierto de Aranjuez* és d'un d'ells, segur —va reflexionar l'Antoni.

Van tornar a mirar els quatre autors i les quatre obres restants sense arribar a cap conclusió.

—Truco a en Xavi? —va proposar en Robert.

—No, espera. —La Irene va prendre la iniciativa traient el seu mòbil—. Segur que el meu avi ho sap.

Va marcar el número i va esperar. En cinc segons parlava amb el seu avi. Va intentar no ser mal educada anant al gra però estava plena d'ansietat per manca de temps. Per fi va aconseguir dir-li el motiu de la seva trucada.

—Tinc quatre compositors i quatre obres, però no sé qui n'és l'autor d'una. Pots ajudar-me?

—Endavant —la va convidar l'home, feliç tant per la trucada com pel fet que la seva néta li demanés ajuda.

La Irene li va dir els noms i les obres. La resposta va ser immediata, sense necessitat de consultar res.

—Rodrigo va fer el *Concierto de Aranjuez*, sens dubte una gran composició. No puc escoltar-la sense emocionar-me. I…, bé, Txaikovski és l'autor d'*El llac dels cignes* i la meravellosa ària *Nessun dorma* pertany a l'òpera *Turandot* de Puccini. Els altres dos no encaixen. *Aida* és de Verdi i Falla té una obra esplèndida que…

—Gràcies, avi. —La Irene va estrènyer el puny en resoldre l'enigma—. Et trucaré després amb més calma, t'ho prometo.

Això va ser tot.

—Sobren Falla i *Aida* —els va fer veure.

—Per tant, la lletra és la A. La cinquena del cognom i la primera de la composició que sobra.

—Bé! —va aplaudir en Robert.

—Vinga, resolem el galimaties del nom —va posar la directa l'Antoni.

—La nota que no està escrita en la nostra llengua és DO —va dir la Irene—. Aquest text en llatí és un salm que va utilitzar el tipus que va fer aquella mà que ens va ensenyar ahir, ho recordeu? Se li va ocórrer per memoritzar l'altura dels sons o alguna cosa així, si no recordo malament. També ens va parlar de tot això en començar el curs perquè és l'origen de les notes. En el primer vers es llegeix *Ut queant laxis*. L'*Ut* es va canviar més tard per DO. La primera síl·laba dels versos restants corresponen a les altres notes, RE, MI, FA, SOL, LA i SI, perquè aquesta última es va incorporar després i no és la primera síl·laba, sinó la primera lletra de les dues paraules, *Sancte Ioannes*.

—D'acord, DO —va assentir en Robert prescindint de les explicacions de la seva companya.

—La segona...

—«Si a LA menor li treus les tres últimes...» —va repetir l'Antoni.

—De quines tres últimes parla? —i en Robert es va rascar el cap.

La Irene continuava concentrada.

—Busquem una síl·laba, no us despisteu —va recordar.

—Ja, però menor... Menor què?

Una altra pausa llarga.

—Menor... menys NOR? —va aventurar en Robert.

—Pot ser —va reconèixer la noia.

—Suposem que és correcte. Tindríem DO i ME. Per tant, hem de trobar una síl·laba més que ens completi el nom d'algú conegut.

—Dome, dome...

—Què és el que sempre ens diu a classe? —i l'Antoni va arrufar les celles.

I de sobte ho van recordar.

—No estic content! —van cridar alhora la Irene i en Robert.

—Aleshores les inicials són... N, E i C. NEC!

—I el nom és... Domènec!

Es van mirar i van comprendre que tenien raó.

Calia córrer un altre cop cap a l'escola.

Capítol
LITTLE 15

(MARTIN GORE, DEPECHE MODE)

En Domènec era l'amo del bar en el qual acostumaven a comprar les begudes o les llaminadures abans d'entrar a l'escola, a l'hora de pati i a la sortida. Venia de tot, uns enormes entrepans fets amb pa de debò i ben farcits de pernil, formatge o xoriço, i també brioixeria diversa, al natural o empaquetada. A més, era una persona legal, enrotllada. Mai no es queixava que, de cop i volta, el local s'omplís de nois i noies amb pressa, cadascun dels quals volia que el despatxés primer. Feia broma amb la majoria i feia la guitza a més d'un. No tenia pèls a la llengua. La seva dona, la Bernarda, l'un per l'altre, malgrat que ella solia ser a dins, a la cuina, preparant les tapes o la truita de patates. Les parets estaven folrades amb fotos del seu equip de futbol, perquè era un seguidor aferrissat. Com que era davant d'un col·legi, al seu bar no venia tabac ni hi havia la clàssica màquina escurabutxaques. Deia que això aniria en contra de la seva moral.

El que he dit, una persona legal.

Almenys era un consol a l'hora de córrer i córrer darrere de la sisena lletra.

Segons els seus pares, eren incansables, però ja havien fet moltes curses d'un costat a l'altre i començaven a pesar-los les cames, però encara més el cap. El rellotge continuava la seva marxa imparable. Fins i tot semblava riure's d'ells.

Quan van entrar igual que una canilla de llops al bar d'en Domènec, es van trobar amb la seva dona darrere de la barra.

—On... —va exhalar la Irene.

—...és... —va balbucejar l'Antoni.

—...el seu marit? —va concloure en Robert.

—Se n'ha anat —els va endossar la senyora Bernarda així com si res mentre rentava un got amb cura.

—On? —es van horroritzar.

—A comprar el diari a la plaça.

—Té un sobre per a nosaltres?

—No, per què?

Un segon abans eren allà i al següent...

—Aquests nanos... —va somriure la senyora Bernarda.

La plaça era relativament a prop, però ara ja qualsevol distància els semblava enorme si havien de fer-la corrent. Si en Domènec tornava per un altre camí i no pel més curt... Quan van arribar-hi almenys van respirar alleujats, perquè el primer que van veure va ser l'amo del bar, al centre, donant menjar als coloms.

El van envoltar i van espantar tots els ocells, que van buscar refugi als arbres propers.

—Domènec!

PISTA PER AL SOBRE SEGÜENT

Aquí teniu una pila d'instruments. Agrupeu-los per famílies. Ja ho sabeu: corda, fusta, metall i percussió. Imagineu-vos que us en surten 10 de corda, 77 de fusta, 15 de metall i 95 de percussió. Heu d'eliminar les dues xifres del mig (en aquest cas serien 77 i 15), i amb la combinació de les altres dues sabreu el número de l'apartat de correus de la plaça Major que obre la clau que heu trobat en el sobre.

És fàcil, oi?

Doncs aquí teniu la llista:

Arpa	Piano
Bombo	Plats
Caixa	Timbals
Campanes	Triangle
Clarinet	Trombó
Contrabaix	Trompa
Fagot	Trompeta
Flauta	Tuba
Flautí	Viola
Marimba	Violí
Oboè	Violoncel

—És un porc —va sospirar l'Antoni—. Aquest tipus és un porc de debò. No és que les proves siguin difícils, és que es passa fent-nos perdre el temps!

—I a sobre un sol error...! Quina hora és? —En Robert no va voler mirar ni el seu rellotge.

—Oblideu-vos de l'hora. Anem tan ràpid com puguem —va dir la Irene—. Algú té idea d'això de les notes agudes? Jo sens dubte no.

L'Antoni i en Robert també van mirar el pentagrama amb les dotze notes separades per les sis barres.

—A qui truquem? —va preguntar el primer.

—No hi ha temps —va lamentar el segon—. Ni de trucar ni d'anar a veure ningú.

Una veu coneguda va interrompre el seu neguit.

—I ara què feu aquí asseguts?

Era en Domènec.

Van alçar el cap per mirar-lo.

—Deures —va mussitar la Irene.

—I no en tenim ni idea —va dir en Robert.

—Quina és la pregunta? —En Domènec mirava atentament el pentagrama escrit en el full.

—Pregunta quina és la nota més aguda d'aquestes dotze —va continuar la Irene.

—A veure —i l'amo del bar es va inclinar al seu costat—. De les dues primeres, la primera; de les dues segones, també la primera; de les dues terceres, la segona...

—Però... saps música? —L'Antoni va quedar bocabadat.

L'home va riure.

—Però és possible... Què passa, que perquè un estigui en un bar ha de ser un babau o què? En primer lloc, tinc la meva cultura, i en segon lloc, de jove vaig tocar la guitarra en un grup de peluts, Els Tres Milions de Pèls del Cap de l'Oncle Peret.

—Us dèieu així? —A en Robert li va semblar massa allò.

—Eren uns altres temps, però sí, ens dèiem així, encara que, per resumir, molts ens deien Els Pèls. I jo res de tocar d'oïda: vaig anar al conservatori un parell d'anys.

Se'l van quedar mirant impressionats.

Salvats pels... pèls.

—Aleshores, saps la resposta?

—És clar que la sé, si em deixeu continuar! —i va tornar a concentrar-se en el pentagrama—. De les dotze situades en el quart espai la més aguda és la segona, la primera del cinquè i la segona del sisè. La més greu de totes és la primera del sisè espai i la més aguda —hi va posar un dit a sobre—: la primera del segon espai. És bufar i fer ampolles.

La primera del segon espai emmarcat per les barres era la tercera del total.

Això corresponia a la lletra... C.

Enmig del nou silenci, desconcertats per la seva sort, en Domènec es va alçar.

—Vinga, me'n vaig, que tinc feina.

—Espera, espera —va intentar retenir-lo la Irene—. Per què no ens ajudes a...?

—Ah, no! —i va posar les mans en forma de pantalla—. Cosa d'estudis i d'exàmens... vosaltres mateixos. Us he ajudat perquè m'heu enganxat de passada i per això del sobre misteriós aquest, però la resta és cosa vostra.

—Gràcies. —La Irene no va tenir més remei que reconèixer-li-ho.

—Qui us fa classe de música, aquest tal Vallbona?

—Sí.

—És un tipus molt maco, d'aquests que s'estimen la seva feina. Segur que ha de ser magnífic estudiar música amb ell.

Tots tres van quedar en silenci.

—Adéu! —els va dir el sorprenent Domènec.

Amb prou feines van perdre uns segons, mentre el veien allunyar-se amb la seva gansoneria cap al bar.

—Quina xamba que hem tingut —va admetre en Robert.

—El món és ple de sorpreses —va assentir l'Antoni.

—Ja tenim sis lletres —va dir la Irene—. Ara vegem això dels instruments.

Va posar el full sobre els genolls perquè els seus dos companys veiessin tots els noms, i amb el llapis va començar la tasca d'agrupar-los en les quatre categories.

—A veure, els de corda són… el violí, la viola, el violoncel…

—El contrabaix —va apuntar en Robert.

—L'arpa i el piano —va concloure l'Antoni.

En total, sis.

—Sort que no ens ha demanat més classificacions, tot allò de la corda fregada, la corda polsada, la corda percutida…

—Això és fàcil, home —va manifestar en Robert en resposta a les paraules de l'Antoni—. L'arpa es polsa, el piano es percudeix, els altres es freguen.

—No discutiu. —La Irene va interrompre la possible reacció de l'Antoni—. Anem per la fusta. Tenim… flauta, flautí, oboè, clarinet i…

—Fagot. Cinc —va assenyalar l'Antoni disposat a deixar ben clar que almenys estava a l'altura del seu company.

—Ara el metall. O sigui, el vent —va dir la Irene. I de nou va buscar els instruments que se cenyien a la seva descripció—: Trompa, trompeta, trombó i tuba, oi?

—Sí —va dir l'Antoni.

—O sigui, que la resta són els de percussió —va concloure en Robert.

—Assegurem-nos-en. —No va voler donar-ho per fet ella—. Bombo, campanes, marimba, plats, caixa, triangle i... timbales.

—Set —va comptar l'Antoni.

—Això fa... —va fer el càlcul ràpid—, sis instruments de corda, cinc de fusta, quatre de metall i set de percussió.

—Eliminem el cinc i el quatre, els dos intermedis, amb la qual cosa ens en queden dos: el sis i el set.

—O sigui que aquesta clau obre l'apartat seixanta-set o setanta-sis de l'oficina de Correus de la plaça —i en Robert va donar per acabat l'exercici.

Havien de tornar a córrer.

I sent tan a prop... el cansament no comptava.

Capítol
CLOUD 9 + 7 SEAS OF RHYE
(George Harrison + Queen)

L'oficina de Correus era molt moderna. L'havien remodelat perfectament i el seu aire de nou disseny contrastava amb altres edificis més vells de la plaça, que encara mantenien el regust anyenc del passat. Les capsetes dels apartats de correus eren just a l'entrada, perquè els usuaris poguessin disposar-ne sempre que ho volguessin sense necessitat d'entrar.

En Robert continuava guardant la clau, així que la va treure i, primer, va provar-la a la capseta indicada amb el número seixanta-set.

La clau va quedar encallada.

—Aquí —la Irene va assenyalar el setanta-sis.

La clau va entrar perfectament a la recambra i després va girar a l'esquerra sense cap problema.

—Encara sort —va sospirar l'Antoni, que no les tenia totes.

Tan bon punt van obrir la porteta, va aparèixer un únic sobre davant dels seus ulls. La Irene va ficar-hi la mà per agafar-lo.

—Vinga, anem a fora a llegir-lo.

Van sortir de l'oficina, van creuar el carrer i es van asseure en un dels bancs del parc. La noia va estripar el sobre i en va treure, un cop més, el full corresponent escrit i imprès amb ordinador. Va haver de calmar-se, vèncer l'acceleració del moment, acumulada al llarg d'aquell tens matí, per llegir bé el text.

PER A LA SETENA LLETRA

Ànim, feres. Qui ho hauria dit! Sou a prop! Haver arribat fins aquí té el seu mèrit. Vol dir que heu respost i resolt bé tots els temes, i sense trampes. Jo no hauria donat un cèntim per la vostra sort. Bé… per la del pobre professor de música. Gairebé estic per posar-me del vostre costat. Ha, ha, ha! Del vostre costat? No canteu victòria! El rellotge continua corrent! Un error i… adéu Gustau Vallbona!

En fi… no vull fer-vos perdre el temps. Disposats per a un nou joc? Doncs aquí el teniu.

Haureu d'intentar trobar la setena lletra, que és l'última. Sí, l'última, però no penseu que amb això ja s'acaba. Després us quedarà un número. El número és tan indispensable com la paraula que haureu de formar amb les set lletres.

I alerta: no intenteu buscar la paraula sense el número. Us repeteixo que ho veig tot i ho sé tot.

Potser us estic seguint i…

D'acord, d'acord, ara sí, de debò: quants temps té aquest compàs?

És bufar i fer ampolles, oi? El nombre que us soni correspon, un altre cop, a l'ordre que ocupa la lletra equivalent en l'abecedari.

PISTA PER AL SOBRE SEGÜENT

Us donaré una llista d'instruments que, de ben segur, us semblaran escrits en xinès. Són instruments peculiars, populars, identificatius d'una sèrie de països. Heu de relacionar cada país amb el seu instrument. No canvieu d'ordre els instruments, perquè si ho feu bé, amb la primera lletra de cada país tindreu el nom de la persona que us donarà el nou sobre.

Preparats?

Som-hi!

Kora	Índia
Bandoneó	Espanya
Balalaica	Albània
Sitar	Laos
Castanyoles	Afganistan
Mizmar	Tunísia
Dutar	Etiòpia
Marimba	Rússia
Bodhrán	Mali
Khaen	Guatemala
Quena	Colòmbia
Kakaki	Irlanda
Guacharaca	Perú
Qypi	Argentina

—Per als instruments i els països cal tornar a fer servir Internet —va advertir l'Antoni.

—Primer anem per la lletra —va dir en Robert.

—És la pregunta més fàcil de totes les que ens ha fet —li va fer veure la Irene—. La resposta és dos. O sigui, que la lletra és la segona de l'alfabet, la B.

Tenien les set lletres.

Van resistir la temptació d'escriure-les en un full i intentar combinar-les, perquè, al cap i a la fi, si no les combinaven adequadament, tampoc no trobarien el nom del lloc en el qual esperava el professor de música.

—Què? —va preguntar la Irene a l'Antoni, que ja mirava si l'ordinador de la Lluïsa tenia connexió a Internet.

—Connectat! —va exclamar meravellat per la seva sort.

—Doncs vinga, comencem —va proposar la Irene, amb el llapis a la mà—. Jo ja en sé una: les castanyoles són d'Espanya.

—I jo, una altra —els va enlluernar en Robert—: la balalaica és russa.

Dues de catorze.

Cap no va dir res més.

—Vinga, va —va sospirar l'Antoni—. La primera és...

—La kora. —La Irene la hi va lletrejar—: Ca, o, erra, a.

El cercador li va situar l'instrument a la pantalla a través de diverses pàgines. Va obrir la primera. El primer que va veure va ser una mena de carbassa enorme decorada de la qual sortia un pal amb les cordes.

—«Instrument de vint-i-una cordes, barreja d'arpa i llaüt, habitual a Mali i també en altres països de l'Àfrica occidental, com el Senegal o Gàmbia.»

—Mali és a la llista —va dir la Irene—. El Senegal i Gàmbia no.

—Mali —va assentir en Robert.

—El següent és el bandoneó.

El va teclejar en el cercador. Va resultar que era un acordió.

—És l'instrument més característic del tango a l'Argentina —va llegir l'Antoni.

—El tercer és la balalaica, que ja tenim, i el quart, el sitar.

A la pantalla van descobrir que era l'instrument per excel·lència de la música hindú, una enorme guitarra panxuda barreja de banjo i llaüt, que es tocava assegut a terra.

Els instruments següents van ser localitzats un per un, amb paciència. El mizmar era de vent, semblant a la gaita, i familiar a Tunísia; el dutar, de corda i típic de l'Afganistan i altres països; la marimba, de percussió, semblant al xilòfon, era fins i tot el símbol patri de Guatemala; el bodhrán era un tambor de marc propi d'Irlanda; el khaen el formaven uns tubs de bambú lligats entre si i procedia de Laos; la quena també era un tub de canya, fusta o ossos, i tenia el seu hàbitat natural al Perú; el kakaki era una trompeta de tres o quatre metres de llarg que sonava a les festes d'Etiòpia; la guacharaca era un instrument de percussió de Colòmbia que es rasca amb una mena de pinta, i, finalment, el qypi va resultar ser un altre tambor de copa habitual a Albània, malgrat que en altres països se'l coneixia amb altres noms, per exemple, djembe al Senegal.

Quan van anotar l'últim, van llegir la primera lletra de la llista de països ordenats de dalt a baix.

Kora	Mali
Bandoneó	Argentina
Balalaica	Rússia
Sitar	Índia
Castanyoles	Espanya
Mizmar	Tunísia
Dutar	Afganistan
Marimba	Guatemala
Bodhrán	Irlanda
Khaen	Laos
Quena	Perú
Kakaki	Etiòpia
Guacharaca	Colòmbia
Qypi	Albània

—MARIETAGILPECA… —va llegir la Irene.

—Marieta Gil Peca! —En Robert ho va convertir en un nom complet.

La senyoreta Gil era la professora de ciències.

Poqueta cosa, tímida, amant dels animalons, i fins i tot corria el rumor que feia ullets tendres al professor de música.

—Però on…?

—Jo sé quina és la seva casa. —L'Antoni va tallar l'intent de protesta de la Irene.

—Doncs quina sort —va dir en Robert.

Es tractava de l'últim sobre.

L'últim.

I no volien ni mirar l'hora, perquè sabien que ja faltava molt poc per a les dues del migdia.

Capítol 17

At 17

(Janis Ian)

La casa de la senyoreta Gil era tan petita com ella, amb una sola planta, quadrada, i un jardinet en el qual no cabien més que un arbret i uns quants testos amb flors de colors. La reixa no era tancada, així que la van travessar congestionats, exhalant les restes del seu últim alè. La porta, de ferro, va gemegar igual que en les pel·lícules de terror.

—I si la culpable és ella? —es va estremir l'Antoni.

—La senyoreta Gil? Ets boig? —La Irene no va poder creure el que sentia.

—De vegades els més inofensius són els que amaguen els pitjors secrets —es va posar lúgubre en Robert—. Potser sí que és veritat que està boja per en Vallbona i ha ideat aquest pla monstruós per venjar-se perquè no li fa ni cas.

—I nosaltres què li hem fet perquè ens fiqui en aquest embolic? —va voler saber la Irene.

—Com que som els més burros...

—No som els més burros —el va aturar la noia—. Estem resolent prou bé això, no?

—I si truquem? —va aturar la discussió l'Antoni.

Eren davant de la porta, immòbils.

Ho va fer la Irene.

Després van esperar.

Uns segons que es van fer eterns fins que…

—No hi ha ningú —i van deixar anar l'aire retingut als pulmons.

Un silenci esglaiador els va embolcallar.

—No pot ser —va dir en Robert.

—Si la pista diu que ella té el sobre següent… és que el té, no? —va manifestar l'Antoni fent un gest evident—. Vull dir que l'assassí ho haurà calculat…

—Per què l'anomenes assassí? —es va estremir la Irene—. Encara no ha matat ningú.

—Al pas que anem…

La seva companya va tornar a insistir. Primer el timbre. Després va colpejar la porta.

Res.

—Ai, ai, ai!

—I si és a la dutxa, o porta posats uns auriculars, o ha anat a demanar sal a casa d'una veïna…?

—Fem la volta a la casa.

La van rodejar per l'esquerra, escrutant de finestra en finestra sense èxit. Cap no era mig oberta. Totes tancades. Van tornar a l'entrada i aleshores es van trobar amb una dona que els observava amb les celles arrufades des del carrer.

—Què feu aquí? —els va etzibar sense tenir-les totes, a punt de començar a córrer si eren lladres.

6

—Busquem la senyoreta Gil —li va dir la Irene dissipant els seus dubtes—. És professora nostra.

—Doncs no hi és. —La dona es va tranquil·litzar—. Ha anat a passar el cap de setmana a casa dels seus pares.

Van quedar horroritzats.

—Grà… cies…

La dona se'n va anar i van continuar on eren, enmig del jardí, sense saber què fer.

—Com és possible que se n'hagi anat? —es va rendir en Robert.

—Si ho ha fet és perquè no sap res —va calcular la Irene.

—I perquè no tenia el sobre —va concloure l'Antoni.

—Aleshores…

Tots tres van mirar la bústia de l'entrada, just al costat de la reixa de la porta.

El sobre, no del tot entaforat a dintre, sobresortia visible des de la seva posició, no des de l'exterior.

—Maleït missatger! —es va enfadar en Robert.

—Ell l'ha deixat on toca —el va excusar la Irene.

L'Antoni va ser el primer d'aconseguir-lo. L'en va treure i el va estripar amb les mans tremoloses. Tan bon punt van veure el full que hi havia a dins van saber que eren davant de l'última prova, perquè ja no hi havia pistes per a un altre sobre més.

—Això s'acaba! —i en Robert va estrènyer els punys.

—Vinga, llegeix-lo… —L'Antoni el va passar a la Irene perquè no tenia ja forces per a més.

I ella ho va fer:

CLAU PER A LA DADA FINAL

Bé, molt bé. Estic sorprès, però... plas, plas, plas! (us aplaudeixo). Si heu arribat fins aquí i esteu llegint això, és perquè heu resolt totes les proves prèvies. Una altra cosa és que ho hàgiu fet a temps. Però així i tot, si és tard i per culpa vostra en Gustau Vallbona mor, almenys podeu estar contents i tranquils, no? O és que intentar-ho no compta?

Vinga, ànim.

Teniu set lletres. Combinant-les degudament obtindreu una paraula. És el lloc on hi ha el vostre professor de música. Amb aquesta última prova que teniu a les mans obtindreu un número. Alerta: no es tracta d'una adreça. No és «carrer Tal, número tal». I no us dic res més perquè aleshores no tindria gràcia. La paraula i el número us diran el lloc, això és tot. Fallareu ara? Vinga, feu servir la imaginació i... tingueu cura, no us feu mal, perquè tot està oxidat.

A les dues en punt s'haurà acabat la vostra aventura.

Tot.

Ha, ha, ha!

L'hauré mort ja?

No, vosaltres, per ser tan poc musicals!

La prova final és aquesta:

Totes les cançons que hi ha a continuació tenen un denominador comú: porten números en el seu títol i les van fer els Beatles. Oh sí, els Beatles! Si descobriu quina cançó va fer John Lennon i va incloure en el doble àlbum blanc de 1968, trobareu el número que busqueu. Una pista més: era el número de la sort de John.

És fàcil, oi?

Les cançons són aquestes:

For No One
Not a Second Time
When I'm Sixty Four
One After 909
Two of Us
A Day in the Life
Revolution 1
Revolution 9

Ara tot depèn de la vostra rapidesa.

Adéu!

Tots tres van mirar les vuit cançons dels Beatles.

Buscaven un número.

—Ràpid, Antoni —va demanar la Irene.

El noi es va asseure a terra, va obrir l'ordinador i el va engegar.

Va trigar menys de deu segons a dir-li:

—No hi ha cobertura!

—Quina hora és? —es va atrevir per fi a preguntar la noia.

En Robert va fer lliscar uns ulls espantats en direcció al seu rellotge.

—Les... dues menys onze minuts —va balbucejar.

Era impossible arribar a algun lloc en aquell temps, i encara els faltava l'última dada.

—No pot ser —es va desanimar l'Antoni.

—Espereu, espereu... —va dir la Irene—. Hi ha vuit cançons... i diu que es tracta d'una, una sola, amb aquest número que busquem.

—I què? —En Robert va ser incapaç de seguir-la.

—Que això elimina *Revolution 1*, *For No One* i *A Day in the Life*, perquè totes tres porten el número 1 en el seu títol.

—D'acord, en queden cinc —va resumir l'Antoni—. I?

—Diu que no és una adreça —va continuar amb el seu raonament la Irene.

—Però aquests números poden significar qualsevol cosa —va assenyalar en Robert—. Tenim el 64 de *When I'm Sixty Four*, un 2 de *Two of Us*, el 9 de *Revolution 9*, el 909 de *One After 909* i el 2 de *Not a Second Time.*

—Jo trauria aquesta última perquè *second* és segon, oi? —va temptejar l'Antoni.

—I el 64 i el 909? —va dir la Irene—. Ningú no té un número de la sort tan rar...

La noia va quedar pàl·lida.

—Què passa? —va preguntar en Robert.

—El número de la sort de John Lennon! —quasi va cridar.

Els seus dos companys van ser incapaços de comprendre el perquè de la seva pal·lidesa.

—És el número 9! —va cridar ella.

—Per què? —va al·lucinar l'Antoni.

—I per què no el 2? —va dir en Robert.

—És que no el recordeu? A l'octubre, un dia, ens va parlar de l'aniversari de John Lennon, el dia en què va néixer! I era el 9, segur, perquè el 2 és l'aniversari de la meva mare i ho hauria associat! Després va comentar que el van assassinar un 8 de desembre a Nova York, però que a Europa ja era el dia 9! Ha de ser el 9! Ha de ser *Revolution 9*!

—D'acord, suposant que sigui el 9, ara què?

Estaven molt nerviosos. Molt. La Irene va treure el llapis i va gargotejar per ordre les set lletres aconseguides amb els jocs respectius. Les va escriure grosses i en majúscules perquè tots tres poguessin veure-les bé.

R I A F A C B

Durant un grapat de llargs i tensos segons les van mirar amb extrema atenció, cada un buscant possibles combinacions.

A la Irene li van fer mal els ulls.

A en Robert, el cap.

A l'Antoni li van esclatar els nervis.

—És impossible! —es va desesperar ella.

—Pot ser qualsevol cosa! —es va rendir en Robert.

—Vol que fallem, sent tan a prop! —va esclatar l'Antoni.

Ni tan sols no entenien quin paper feia el número 9 en tot allò, si no es tractava d'una adreça.

—Ha d'haver-hi alguna cosa que ens passi per alt. —La noia estava a punt de plorar.

—L'enunciat… —L'Antoni li va prendre el full de les mans.

—«Alerta: no es tracta d'una adreça. No és "carrer Tal, número tal". I no us dic res més perquè aleshores no tindria gràcia. La paraula i el número us diran el lloc, això és tot. Fallareu ara? Vinga, feu servir la imaginació i… tingueu cura, no us feu mal, perquè tot està oxidat.»

Va ser com si alguna cosa esclatés a la seva ment.

Alguna cosa silenciosa.

Bum!

—Oxidat! —va gemegar la Irene.

—Tot està oxidat! —L'Antoni va moure el cap de dalt a baix.

—Serem burros! —va exhalar en Robert.

Tots tres van mirar alguna cosa que s'alçava a prop d'on eren, coronant les seves vides, les de tota la ciutat.

La vella fàbrica.

Després van mirar les set lletres.

No van haver d'escriure-les novament.

F À B R I C A

—La fàbrica!

—I el número 9 és…

—L'hangar número 9!

Eren les dues menys cinc minuts.

I eren a cinc minuts de la fàbrica.

—Som-hi!

Capítol
18 TILL I DIE

(Bryan Adams)

El problema ja no era córrer, o que estiguessin cansats o que el temps se'ls tirés al damunt. El problema era que pujar un vessant amb la llengua penjant, suats i amb l'ai al cor suposava ja la gota que feia vessar el got de la seva resistència. Ara sí que miraven el rellotge.

Les dues menys quatre minuts.

Les dues menys tres minuts.

Les dues menys dos minuts.

Faltava un minut per a l'hora fixada quan es van colar a l'interior de la fàbrica per un dels molts forats de la rovellada tanca exterior.

La sensació, davant d'aquella immensa mola vinguda a menys, sempre acostumava a ser d'angoixa o d'enyorança, però ara estava associada a la seva angoixa.

En pocs segons el professor de música cauria en un tanc ple d'aigua i s'ofegaria.

El crim perfecte.

I ells com uns conillets d'Índies.

—Correu, correu!

—On és l'hangar número 9?

—Allà, al fons!

Un enorme número nou blanc, mig despintat enmig d'una fosca paret vermellosa, sobresortia a uns cinquanta metres, entre els hangars vuit i deu.

Els metres finals van ser els dels dubtes.

I si el número de la sort de John Lennon resultava que era el de la mala sort d'en Gustau Vallbona perquè s'havien equivocat?

I si?

Es van precipitar a l'interior de l'hangar.

I allà, enmig, a mesura que els seus ulls es van acostumar a la penombra interior, el van veure.

El tanc d'aigua.

El rellotge.

Tot.

Fins i tot el professor de música.

En Gustau Vallbona.

Però no estava encadenat, penjat damunt del tanc, a punt de caure-hi a dins, sinó que estava assegut al costat d'aquest, tan tranquil, llegint una novel·la.

No van entendre res.

S'hi van acostar a poc a poc.

Fins que l'home es va adonar que no estava sol i va girar-se cap a ells.

Somreia.

—Vaja, vaja! —va dir feliç.

Els nois estaven muts. No podien ni obrir la boca.

De moment.

—A veure, a veure... —El professor de música va mirar el rellotge—. Set, sis, cinc, quatre, tres, dos, un... —i alesheres va cridar—: Les dues!

Eren les dues.

De fet... la veritat és que ho havien aconseguit.

El professor de música va continuar mirant-los per darrere d'aquell somriure d'ànim, felicitat i bona fe.

—Com us ho heu passat? —va preguntar.

—Que com...? —va balbucejar en Robert.

—Està de broma o… o què? —va dir l'Antoni sostenint l'ordinador de la Lluïsa perquè no li caigués a terra.

—Era tot… mentida? —La Irene gairebé estava a punt de plorar.

—Volia demostrar-vos que podíeu —va dir alegrement l'home.

Per fi van reaccionar.

No li van saltar a sobre, però gairebé.

—Hem estat corrent tot el matí d'una banda a l'altra!

—Resolent enigmes!

—Pensant-nos que el volien assassinar!

—A mi gairebé m'agafa alguna cosa!

—I estàvem segurs que era cosa d'en Triple T!

—No és just!

En Gustau Vallbona va alçar les mans per posar-les com de pantalla.

—Espereu, espereu… En Triple T?

—Ens crèiem que es tractava d'una venjança del profe de gimnàstica! —va esclatar en Robert.

—Aquesta sí que és bona —va concedir el professor de música.

—Tot això…? —i l'Antoni va abraçar el muntatge, amb el tanc d'aigua i les cadenes i el rellotge—. Tot això ho ha fet per donar-nos una lliçó?

—Una lliçó, no —es va defensar—. Només per provar-vos que, si voleu, podeu. Tampoc no ha estat tan difícil. Apostaria que fins i tot ha estat més fàcil del que us pensàveu. No us ho heu passat bé?

—Què?

—És possible?!

—El mato! Jo el mato!

Van haver de subjectar en Robert perquè aleshores sí que estava disposat a saltar-li a la jugular.

En Gustau Vallbona va deixar anar una riallada.

—Vinga, nois —va adoptar un aire cordial, de franca companyonia—. Trobeu-hi el costat bo. Ho heu fet! No penseu que era una aixecada de camisa, ni tan sols un joc. Penseu que era veritat i que m'heu salvat. De fet és així: em sento salvat. No sou els meus pitjors alumnes. Us posaré un deu a tots tres.

Això de la nota va ser un impacte.

—I si no ho haguéssim aconseguit? —va preguntar la Irene—. I si haguéssim arribat a les dues i cinc?

—No penseu en això ara. Sou aquí. Sou bons!

Van estar a punt de deixar-se caure a terra, esllomats. No ho van fer perquè el lloc semblava un femer.

—Quina prova us ha costat més? —va preguntar el professor de música.

No tenien forces ni per parlar, i menys per a jocs.

—És molt tortuós —va dir la Irene encreuant els braços.

—Penseu-vos-ho bé i veureu com no és així. Es tractava de demostrar alguna cosa i és el que heu fet. Ja us ho he dit: sentiu-vos-en orgullosos —i va parar la mà perquè la hi piquessin i va afegir—: Marxem?

—Serà el millor, perquè a sobre arribarem tard a casa i ens esbroncaran —va objectar en Robert.

—No si dieu que heu estat amb mi, ajudant-me en un projecte, i que això us valdrà un deu. Cap pare no es resisteix davant d'un deu, encara que sigui de música.

Això era cert.

I mentre passava una afectuosa mà per damunt de les espatlles dels dos nois, va continuar parlant com si res, feliç i entusiasmat.

—A mi m'agradava molt la prova de l'equip de ballarins, bé, i la dels instruments i els països, encara que la sopa de lletres tampoc no estava malament, eh? Col·locar tantes paraules en tan poc espai i, a sobre, que hi hagués forats per a la frase amb la pista… M'hauria agradat veure-us, i tant! Us heu enfadat gaire quan en les notes posava allò del «Ha, ha, ha!»?

Capítol 19 DIES I CINC-CENTES NITS

(JOAQUÍN SABINA)

Van arribar a fora, a les primeres cases. El malson s'havia acabat. Les curses ja formaven part d'aquell estrany matí en el qual, creient que salvarien la vida al professor de música, resultava que tot havia estat realment un joc.

Un joc primer macabre i ara...

La Irene va ser la primera a somriure.

—Ens ho havíem d'haver imaginat —va xiuxiuejar.

—Sí, massa de pel·lícula —es va rendir en Robert.

L'Antoni continuava fent morros.

—Tu no dius res? —li va preguntar el professor de música donant-li un cop amb el maluc.

—Això, i ara que es trenqui l'ordinador de la Lluïsa —i el va estrènyer més contra seu.

—És una pena això de la informàtica —va lamentar en Gustau Vallbona—. Ara tot és molt més fàcil.

—Fàcil? —va cridar el noi.

—Abans fèiem servir el diccionari, anàvem a la biblioteca i tot això —es va resignar.

—Abans era la prehistòria —va rondinar l'Antoni.

—Sí, suposo que sí —va concedir l'home—. Però tenia el seu encant. Encara sóc dels que pensa que les coses que costen són les que després apreciem més. Per exemple el que heu fet aquest matí té el seu mèrit. Us ha costat.

—I ho hem suat —va afirmar en Robert.

Arribaven al lloc en què se separarien. El professor vivia en una direcció i ells, en una altra. Sense adonar-se'n, tots quatre van alentir el pas fins a aturar-se en una cantonada.

—Puc preguntar-vos una cosa?

—És clar —i l'Antoni es va encongir d'espatlles.

En Gustau Vallbona va fer cara de dolent.

—Els semitons de l'escala de do major són entre...?

—Sí, home, apa vinga! —va protestar en Robert.

—És que no descansa mai? —es va queixar l'Antoni.

—Que hàgim aconseguit «salvar-li la vida» —la Irene ho va dir amb molta intenció— no significa que de cop i volta siguem unes llumeneres musicals.

—Els semitons de l'escala de do major són entre...? —va repetir ell.

Li ho havia preguntat aquell matí abans de sortir al pati i tenir l'incident amb el Triple T.

—Entre MI-FA i SI-DO —i la Irene va emetre un llarg sospir.

—Com es diuen els signes que tenen durada però no tenen so?

—Sileeencis. —L'Antoni va arrossegar la *e*.

—Quines són les característiques del so?

—Intensitat, to i timbre —va respondre en Robert.

—I quina diferència hi ha entre un violí, una arpa i un piano?

—Que el violí és un instrument de corda fregada, l'arpa és de corda polsada i el piano, de corda percutida! —van saltar tots tres, com una sola veu, recordant que això mateix ho havien discutit en la prova dels instruments una estona abans.

—Molt bé —va ponderar el professor de música movent el cap amunt i avall—. Encara sereu els millors de la classe.

—Mira que és...!

—Apa aquí!

—Sens dubte es mereix que un pirat el lligui amb cadenes i el fiqui en un tanc d'aigua, i sense rellotge!

Ara sí que van riure tots quatre, i de grat.

Ben de grat.

—Molt bé, nois —es va acomiadar en Gustau Vallbona—, fins dilluns.

—Potser hem patit un infart de *migcardi* —el va avisar en Robert.

—Es diu «de miocardi», burro! —i l'Antoni el va empènyer.

—Ja ho sé, home! Que era un acudit!

Van començar a barallar-se mentre el professor de música s'allunyava carrer avall.

La Irene el va mirar amb una barreja d'afecte i simpatia.

Encara volia assassinar-lo, però menys.

Després de tot...

—Vinga —i va empènyer els dos companys.

El seu professor es va perdre a la llunyania.

Van començar a caminar. Primer, pensatius. Després...

—Quin dia —va exterioritzar l'Antoni.

—Odiaré la música per sempre —va revelar en Robert.

—Jo no —va dir la Irene.

Una altra mitja dotzena més de passos.

—Bé, jo tampoc —va concedir en Robert.

—Som bons —va assentir l'Antoni.

—Necessitem una mica de pressió... però sí, som bons —va dir la Irene, convençuda.

—Per què no formem un grup? —va proposar en Robert.

Els altres dos el van mirar de reüll.

Amb en Robert mai no se sabia.

—Parles seriosament? —va voler saber ella.

—Per què no? Tampoc no és tan difícil —i va arronsar les espatlles—. Jo em quedo amb la bateria. Tu cantes —va assenyalar la Irene— i a tu segur que t'aniria bé amb els teclats, tenint en compte com fas anar l'ordinador...

—Vinga, calla, idiota! —va remugar l'Antoni.

La Irene també va riure.

Després van continuar caminant en silenci.

En silenci.

Fins que es van separar per dirigir-se cadascú a casa seva.

Capítol
ARA QUE TINC 20 ANYS
(Joan Manuel Serrat)

Just en girar la cantonada del seu carrer, l'Antoni el va veure.

Aparcant la veloç moto en la qual feia el seu repartiment, vestit de vermell, amb la cartera en bandolera i el seu aspecte innocent.

El missatger.

L'Antoni va accelerar el pas i va coincidir amb ell a la porta de l'edifici. El noi va moure el cap en veure que tenia companyia. I en reconèixer-lo...

—Home! —el va saludar—. El meu amic!

—Què hi fas, aquí? —es va estranyar l'Antoni.

—Jo? Res. Per què?

—Sempre apareixes en els moments més rars.

—Rars? —La seva cara va ser un poema—. Compleixo la meva feina. Entrego paquets. No sé què té de rar això.

—A aquesta hora i en dissabte?

—A aquesta hora i en dissabte. —Va semblar quadrar-se, posar-se ferms.

—I ara casualment ets aquí, a casa meva, després d'haver-nos encreuat amb tu tot el matí?

—Doncs... sí, ja ho veus. Quines coses, oi? Tinc una entrega en aquest edifici, ves per on.

El noi el va observar amb ull crític.

—A quin pis vas?

—Al tercer tercera.

Gairebé se li desencaixa la mandíbula.

—És el meu —va dir.

—Vius al tercer tercera?

—Sí.

—Et dius Sebastià Alvarado?

—No, aquest és el meu pare.

—El teu pare.

—Sí.

—Bé, doncs te'l dono a tu, em signes i així m'estalvio pujar, d'acord?

El missatger ja tenia una carta a la mà.

Una carta amb el segell de la presidència de la Comunitat.

L'Antoni no va saber què fer.

—Vinga, ja saps com va això. —El missatger es va posar la carta a la mà esquerra mentre que amb la dreta li donava un bolígraf—. Et toca signar.

Li va col·locar el bloc gairebé a sota del nas.

L'Antoni va mirar guenyo.

Però va acabar signant.

—Veus que fàcil? I era la meva última entrega d'avui! I ara toca descansar! Fins dilluns, tu!

Es va apartar del seu costat, va arribar a la moto, es va encaixar el casc al cap i després la va engegar.

—Adéu!

L'Antoni va alçar la mà.

No va dir res.

La moto es va allunyar un cop més, petardejant embogida.

Després... el silenci.

L'Antoni va observar el sobre tancat, amb el nom i l'adreça escrits a mà.

La penúltima idea del seu pare, la del parc temàtic, almenys mereixia la resposta del president de la Comunitat o d'algun secretari o de qui fos que li digués, amablement, que no, que d'una vella fàbrica no podia fer-se un parc temàtic ni res d'això, encara que fos per revitalitzar una petita ciutat deprimida.

Millor la idea de la multinacional.

Gairebé.

Va sospirar, va arronsar les espatlles i va pujar al pis.

Lamentava haver de donar aquella carta al seu pare, i més en dissabte.

Tant com ell s'esforçava.

Va arribar al pis, va obrir amb la clau, va tancar la porta i el va buscar. Estava parant la taula amb el seu bon humor habitual, cantussejant una cançó.

—Vaja, mira qui arriba just a temps per donar-me un cop de mà!

L'Antoni va allargar el braç amb el sobre.

—Què és això?

—Me l'acaba de donar un missatger.

—Un missatger?

—Sí.

—Ves per on. —Va calibrar la importància de l'entrega pel fet que no li hagués estat enviada per correu normal.

La seva dona va entrar en aquell moment al menjador.

—Mira, Elvira. La resposta a allò del parc temàtic.

La dona va mirar el seu fill. Tots dos van quedar molt quiets, mentre el cap de família estripava el sobre i n'extreia el full corresponent.

Tenien ja experiència a consolar-lo.

Eren molt bons.

El pare de l'Antoni va llegir el text.

A poc a poc.

Fins que els ulls se li van il·luminar.

I va somriure.

Agraïments i altres històries

Després d'assassinar un professor de matemàtiques i una professora de llengua en dos llibres anteriors, no tenia més remei que intentar «assassinar» un professor de música, una assignatura que mai no vaig fer de nen i que m'hauria encantat. Encara penso que saber música, i més encara, saber tocar un instrument, ha de ser genial, gloriós i especial. Crec fermament que l'art ens fa millors persones, ens acosta a l'univers, al Tot, i d'entre les moltes arts, la música és una de les més sublims. Tant de bo hi hagués més hores de música als col·legis i no solament fos una «llauna» per a molts o la manera de cobrir un expedient per a altres.

Moltes persones han col·laborat en aquest llibre, la primera una mestra que a les Canàries em va animar a posar-lo en solfa (mai millor dit) i també diversos anònims que a Internet han penjat temes, preguntes, jocs o classes gratuïtes per a principiants. No obstant això, n'hi ha tres que he d'anomenar expressament: el meu fill Daniel, que va estudiar guitarra quan era jove; en José Luis Cortés, que a Santiago de Xile, els primers dies de març que van seguir el terratrèmol del 27 de febrer de 2010, va col·laborar amb algunes apreciacions mentre esperàvem la manera de tornar a Espanya, i l'Ester García, professora de música que va fer les correccions finals del manuscrit per polir els exercicis del llibre. Finalment, la meva gratitud a en Pablo Cruz, que molt entusiastament em va donar el tret de sortida des de l'editorial, i a la Sara Moyano que, plena d'energia, l'ha volgut editar en català.

El meu amor a ells i a tots els que també estimen la música i el seu univers.

Jordi Sierra i Fabra, abril de 2010